U0745876

小学生
养成好行为
的100个故事

主编：高长梅

九州出版社 JIUZHOUPRESS　全国百佳图书出版单位

图书在版编目（CIP）数据

小学生养成好行为的 100 个故事 / 高长梅主编 . – 北京：
九州出版社，2009.12（2021.7 重印）

（"读·品·悟"小学生成长必读系列 . 第 3 辑）

ISBN 978-7-5108-0244-7

Ⅰ.①小 ...　Ⅱ.①高 ...　Ⅲ.①故事—作品集—世界
Ⅳ.①I14

中国版本图书馆 CIP 数据核字（2009）第 234867 号

小学生养成好行为的 100 个故事

作　　者	高长梅　主编	
出版发行	九州出版社	
地　　址	北京市西城区阜外大街甲 35 号（100037）	
发行电话	（010）68992190/3/5/6	
网　　址	www.jiuzhoupress.com	
电子信箱	jiuzhou@jiuzhoupress.com	
印　　刷	北京一鑫印务有限责任公司	
开　　本	720 毫米 × 1000 毫米　16 开	
印　　张	10	
字　　数	130 千字	
版　　次	2010 年 3 月第 1 版	
印　　次	2021 年 7 月第 9 次印刷	
书　　号	ISBN 978-7-5108-0244-7	
定　　价	29.80 元	

Contents 目录

1 好习惯收获好人生

一根小小的柱子，一截细细的链子，拴得住一头大象吗？这样的场景在印度和泰国随处可见。在大象还是小象时，驯象人就用铁链将它拴在钢柱上，无论小象怎么挣扎都无法挣脱。渐渐地，小象习惯了，直到长大可以轻而易举地挣脱时也不再挣扎。

哲人说：播下一种行为，收获一种习惯。让我们从小就与好行为一起成长，养成好习惯，收获好人生。

2 自己的事情自己做

当幼鹰长到足够大时，鹰妈妈就把它们从巢穴的边缘赶下去。当幼鹰开始坠向谷底时，它们就会拼命地拍打翅膀来阻止自己继续下落。最后，它们的性命保住了，因为它们掌握了作为一只鹰必须具备的本领——飞翔！

目录

幼鹰坠向深谷学会飞翔，人也需要困境来激发自己的潜能。不经历风雨，怎能见彩虹，只有在广阔的天地中锻炼自己，才能使自己真正成熟。

3 好读书成就好人生

有位拾荒者捡到了一块石头，他以10元钱的价格卖给了一个收货郎。收货郎一转手以30元钱卖给了废品回收站。回收站的老板又以300元的高价卖给了一个老人。最后，那个老人以1000万的价格卖给了珠宝商。有人问老人："你是怎么知道这石头如此珍贵的呢？"老人说："光研究石头，花去了我半世人生啊！"

知识改变命运，读书造就人生。成功者之所以成功，是因为他们都有一颗可贵的好奇心，能够不断追求知识。

4 让梦想点亮未来

一对夫妇决定为孩子养一只小狗。他们请人训练这只小狗，女驯狗师问："小狗的目标是什么？"夫妻俩很意外，他们想不出狗还有什么目标。女驯狗师严肃地说："每只小狗都得有一个目标。"夫妇俩商量之后，为小狗确立了一个目标：白天和孩子们玩，夜里看家。后来，小狗被成功地训练成了孩子的好朋友和家的守护神。

成功就是每天都向着自己的梦想和目标走下去，总有一天，成功会眷顾我们。

5 时光不会在原地等你

一位老者对年轻人说："我70岁那年，打算完成一个需要10年才能完成的研究计划，但我的一位年轻朋友看来，70岁的老人还能做些什么，如今，我的工作如期完成。""你那位年轻朋友怎样了呢？"年轻人问。"他承认过去的十几年对他来说是一片空白。"

时光一眨眼就过去了，她不会站在原地等你。滴答，滴答，在时钟单调的声音里，你感受到驱使自己的力量了吗？那么你是选择飞翔还是爬行呢？

目录

6 不要吝惜你的微笑

一个青年流浪到巴黎,期望父亲的朋友能帮自己找一份工作。然而,他觉得自己一无所长。父亲的朋友很热心:"那你先把住址写给我吧。"青年羞愧地写下了自己的住址,父亲的朋友看了之后说:"你的名字写得很漂亮嘛。"一句称赞,使这位受到鼓励的青年,一点点地放大着自己的优点。数年后,他写出了享誉世界的经典作品,他就是家喻户晓的法国著名作家大仲马。

有时候,一句称赞,一个微笑,往往会起到意想不到的作用。欣赏他人,关照他人,其实就是在欣赏自己,关照自己。

7 有一种愚蠢叫诚信

奥尔森曾被评为"美国最成功的企业家"。在谈及成功时,他总要提及父亲。奥尔森的父亲是一名推销员,一次,一位顾客想购买他的机器,但他发现这位顾客并不真正需要这台机器,于是他极力劝这位顾客不要购买。父亲的诚实品格给了儿子很大影响。奥尔森秉承了父亲的优点:办事讲原则,合作重诚信。

不论我们的目标多么伟大,我们一定要遵守自己的承诺并尽可能地去兑现它。因为成功秘诀中最不能缺少的两个字就是——诚信。

8 懂得合作才能成功

一天,上帝对一个盲人、一个跛子以及两个壮汉说:"你们沿着这条路出发,谁先把成功之门打开,他想要什么我都将满足他。"上帝一声令下,两个壮汉拔腿就跑。盲人和跛子商定,两个人互帮互助,盲人背起了跛子,跛子给盲人指路。在成功之门前,两个壮汉都不许对方先推开,厮打在一起。盲人和跛子则共同打开了成功之门。

成功需要与人合作才能实现,能否成功,要看你有没有勇气去争取别人的力量,能不能与人合作。

做一个勤奋的人吧，阳光每天的第一个吻，肯定先落在勤奋者的脸颊上。

第**1**辑
好习惯收获好人生

　　一根小小的柱子，一截细细的链子，拴得住一头大象吗？这样的场景在印度和泰国随处可见。在大象还是小象时，驯象人就用铁链将它拴在钢柱上，无论小象怎么挣扎都无法挣脱。渐渐地，小象习惯了，直到长大可以轻而易举地挣脱时也不再挣扎。

　　哲人说：播下一种行为，收获一种习惯。让我们从小就与好行为一起成长，养成好习惯，收获好人生。

被习惯扔掉的点金石 文 邓 笛

我们到处寻找机遇,可是当机遇已经在握时,强大的习惯作用会让我们像丢弃废物一样将它丢掉。因此,有时候,抓住机遇就意味着战胜习惯。

据说,很久以前,亚历山大图书馆遭遇一场大火,整个图书馆被烧得片瓦无存,唯有一本书得以"火口余生"。然而这本书并不是珍贵典籍,所以一个识得一点儿字的穷人仅用几个铜板就把它买下了。

这本书也不是很有趣,可它的两页纸中间,却夹着一件让所有人都会感兴趣的东西。这个东西是一张狭长的牛皮纸,上面写着"点金石"的秘密!

点金石形似一块普通的小卵石,但它却能把任何金属变成纯金。牛皮纸上说,这块点金石与成千上万块外形酷似的普通卵石混杂在一起。辨识它们的秘密是:点金石摸上去是暖的,而普通的卵石摸上去是凉的。

于是,这个人卖掉他的全部家当,买了一些生活必需品,在海边搭了一个帐篷,开始测试卵石。

他知道,如果他捡起一块卵石,发觉它是凉的而把它丢弃到原来的地方的话,它可能还会数百次地被捡起来。于是,当他觉得手中的卵石凉而不暖,就将它抛入大海,以避免重复捡起它。他干了一整天,但是没有发现点金石。不过,他没有气馁,一天接着一天反复为之:捡起一块卵石,凉的,扔入大海里;又捡起一块卵石,还是凉的,也扔入大海里……

一天又一天,一周又一周,一月又一月,时间就这么过去了。终于有一天,大概是黄昏时分,他捡起一块卵石,是暖的。只是,在他意识到这点之前,他已经将这块点金石抛入了大海里。长时间以来,他形成了一个强大的习惯,捡起一块卵石就往海里扔。因此,当想要的这一块卵石到来时,他也习惯性地将它扔掉了。

我们的许多机遇就是这样丢失的。我们到处寻找机遇,可是当机遇已经在握时,强大的习惯作用会让我们像丢弃废物一样将它丢掉。因此,有时候,抓住机遇就意味着战胜习惯。

好行为训练营

大家都有过这样的时候吧,习惯了繁杂的解题步骤,有简便算法也忘了使用;习惯了走弯路,有捷径也不肯去尝试。有时候,习惯形成的巨大惯性,是我们成功路上最大的阻力:习惯了扬弃,到手的点金石会随手丢出;习惯了低头走路,机遇擦身而过也抓取不住。其实,抛弃"坏习惯"就是一种好行为。只有做到这点,我们才能收获成功!

文 王 艳

保持心灵桌面的整洁 文 佚 名

终于这名小学生想清楚了,他必须时刻保持自己桌面的整洁,随时欢迎老教授的光临。

一位老教授退休后,巡回走访偏远山区的学校,把自己的教学经验与当地老师分享。老教授的爱心及和蔼可亲的态度,使他受到了老师及学生的欢迎。

有一次,当他结束在山区某学校的访问行程,欲赶赴他处时,许多学生依依不舍,老教授也不免为之所动,当下答应学生,下次再来时,只要谁能将自己的课桌收拾整洁,就将送给该名学生一件神秘礼物。

在老教授离去后,每到星期三早上,所有学生一定将自己的桌面收拾干净,因为星期三是每个月老教授例行前来探访的日子,只是不确定老教授会在哪个星期三来到。其中有一个学生的想法和其他同学不一样,他一心想得到老教授的礼物留纪念,生怕老教授会突然在星期三以外的日子突然带着神秘礼物到来,于是他每天早上,都将自己的桌子收拾整齐。

但在上午收拾妥当的桌面,到了下午又是一片凌乱,这个学生又担心老教授会在下午出现,于是在下午又收拾了一次。想想又觉不安,如果老教授在一个小时后出现在教室,仍会看到他的桌面凌乱不堪,便决定每个小时收拾一次。

最后,他想到,若是老教授随时到来,仍有可能看到他的桌面不整洁。终于这名小学生想清楚了,他必须时刻保持自己桌面的整洁,随时欢迎老教授的光临。

老教授虽然并未带着神秘礼物出现,但这名小学生已经得到了另一份奇特的礼物。

好行为训练营

这另一份奇特的礼物是什么呢? 那就是每天保持桌面整洁的好行为! 还有什么礼物,比一个好的行为更为宝贵? 一个保持桌面整洁的行为,可以让我们的生活永远洁净;一个勤于学习的行为,可以让我们受益无穷!

文 王 艳

每天都做一点点 文 苇 笛

在年轻人的心中,成功是一个了不起的字眼儿,就如同远方那一座雄伟的山峰,可望而难以企及。然而,当我们面对这座燃烧的花园时,我们就会明了,成功其实很简单。

天色灰暗,几名游客驱车行驶在山中一条铺满松针的小道上,茂密的常青树罩在他们的头上。越往前去,山中的景色越荒凉。突然,在转过一个弯后,他们一下子震惊得喘不过气来。

就在眼前,就在山顶,就在沟壑与树林灌木间,有好大一片水仙花。各色各样的水仙花怒放着,从象牙般的淡黄到柠檬般的嫩黄,漫山遍野地燃烧着，像一块美丽的地毯，一块燃烧的地毯。

是不是太阳不小心跌倒了，如小溪般将金子漏在山坡上？在这令人迷醉的黄色正中，是一片紫色的风信子，如瀑布般倾泻其中；一条小径穿越花海，小径两旁是成排珊瑚色的郁金香；仿佛这一切还不够美丽似的，不时有一两只蓝鸟掠过花丛，或在花丛间嬉戏，它们的红色胸脯和宝蓝色的翅膀就像闪动的宝石。

是谁创造了这么美丽的景色？是谁创造了这样一座完美的花园？在这个荒无人烟的地带，这座花园是怎样建成的？无数的问题在游客的脑海里跳跃，他们下车走入园中。

在花园的中心，有一栋小木屋，上面有一行字：我知道您要什么，这儿是给您的回答。第一个回答是：一位妇人——两只手、两只脚和一点看法；第二个回答是：一点点时间；第三个回答是：开始于1958年。

面对简洁的文字，游客们默默无语。一位平凡的妇人，凭借一点点的、不停的努力，竟然创造出一个美丽的奇迹，而这个世界也因她的努力而变得更加美丽。

在我们年轻人的心中，成功是一个了不起的字眼儿，就如同远方那一座雄伟的山峰，可望而难以企及。然而，当我们面对这座燃烧的花园时，我们就会明了，成功其实很简单，那就是每天只做一点点。坚持着每天都做一点点，就像那位平凡的妇人最终会创造出一座美丽的花园，如果我们能够选准目标持之以恒地做下去，总有一天，奇迹也会在我们的手中诞生。

好行为训练营

所谓"聚沙成塔，集腋成裘"，每天都做一点点，每天朝着目标走一步，成功也就离我们更近了一步！我们的学习生活也是如此：每天多记一个单词、多背一篇课文，好成绩就会一步一步朝我们走来！那些成绩好的同学，他们的学习诀窍，无非是每天比别人多学了一点点！

文 王艳

从一粒米成功 文 安 然

> 王永庆精细、务实的服务,使嘉义人都知道在米市马路尽头的巷子里,有一个卖好米并送货上门的王永庆。

王永庆早年因家贫读不起书,只好去做买卖。16岁的王永庆从老家来到嘉义开了一家米店。那时,小小的嘉义已有米店近30家,竞争非常激烈。当时仅有200元资金的王永庆,只能在一条偏僻的巷子里承租一个很小的铺面。他的米店开办最晚,规模最小,更谈不上知名度了,没有任何优势。在新开张的那段日子里,生意冷冷清清,门可罗雀。

刚开始,王永庆曾背着米挨家挨户地去推销,一天下来,不仅人累得够呛,效果也不太好。谁会去买一个小商贩上门推销的米呢?可怎样才能打开销路呢?王永庆决定从每一粒米上打开突破口。那时的台湾,农民还处于手工作业状态,由于稻谷收割与加工技术的落后,很多小石子之类的杂物很容易掺杂在米里。人们在做饭之前,都要淘好几次米,很不方便。但大家都已见怪不怪,习以为常。

王永庆却从这司空见惯中找到了切入点。他和两个弟弟一齐动手,一点一点地将夹杂在米里的秕糠、砂石之类的杂物拣出来,然后再卖。一时间,小镇上的主妇们都说,王永庆卖的米质量好,省去了淘米的麻烦。这样,一传十,十传百,米店的生意日渐红火起来。

王永庆并没有就此满足。那时候,顾客都是上门买米,自己运送回家。这对年轻人来说不算什么,但对一些上了年纪的人,就是一个大大的不便了。而年轻人又无暇顾及家务,买米的顾客以老年人居多。王永庆注意到这一细节,于是主动送米上门。这一方便顾客的服务措施同样大受欢迎。当时还没有"送货上门"一说,增加这一服务项目等于是一项创举。

王永庆送米,并非送到顾客家门口了事,他还将米倒进米缸里。如果米缸里还有陈米,他就将旧米倒出来,把米缸擦干净,再把新米倒进去,然后将旧米放回上层。这样,陈米就不至于因存放过久而变质。王永庆细心的服务令顾客深受感动,他因此也赢得了很多的顾客。

如果给新顾客送米,王永庆就细心记下这户人家米缸的容量,并且问明家里有多少人吃饭,几个大人、几个小孩,每人饭量如何,据此估计该户人家下次买米的大概时间,记在本子上。估摸时间到了,不等顾客上门,他就主动将相应数量的米送到客户家里。

王永庆精细、务实的服务,使嘉义人都知道在米市马路尽头的巷子里,有一个卖好米并送货上门的王永庆。有了知名度后,王永庆的生意更加红火起来。经过一年多的资金积累和客户积累,王永庆便自己办了个碾米厂,在最繁华热闹的临街处租了一处比原来大好几倍的房子,临街做铺面,里间做碾米厂。

就这样,王永庆从小小的米店生意开始了他日后问鼎台湾首富的事业。

好行为训练营

"从小行为,看大未来!"说得多好的一句话!从现在的行为,可以看出一个人的将来;从日常的表现,可以看出一个人的品性。王永庆的首富事业,始于对每粒米的悉心经营;我们的"大未来",始于现在,始于一个个细小的好行为!

文 朱晓华

使你自己成为珍珠 文 张弓射

有的时候,你必须知道自己是普通的沙粒,而不是价值连城的珍珠。你要卓尔不群,那就要有鹤立鸡群的资本才行。所以忍受不了打击和挫折,承受不住忽视和平淡,就很难达到辉煌。

有一个自以为是全才的年轻人,毕业以后屡次碰壁,一直找不到理想的工作,他觉得自己怀才不遇,对社会感到非常失望。多次的碰壁,让他伤心而绝望,他感到没有伯乐来赏识他这匹"千里马"。

痛苦绝望之下,有一天,他来到大海边,打算就此结束自己的生命。

在他正要自杀的时候,正好有一位老人从附近走过,看见了他,并且救了他。老人问他为什么要走绝路,他说自己得不到别人和社会的承认,没有人欣赏并且重用他……

老人从脚下的沙滩上捡起一粒沙子,让年轻人看了看,然后就随便地扔在了地上,对年轻人说:"请你把我刚才扔在地上的那粒沙子捡起来。"

"这根本不可能!"年轻人说。

老人没有说话,从自己的口袋里掏出一颗晶莹剔透的珍珠,也是随便地扔在了地上,然后对年轻人说:"你能不能把这颗珍珠捡起来呢?"

"这当然可以!"

"那你就应该明白是为什么了吧？你应该知道,现在你自己还不是一颗珍珠,所以你不能苛求别人立即承认你。如果要得到别人承认,那你就要想办法使自己变成一颗珍珠才行。"年轻人蹙眉低首,一时无语。

有的时候,你必须知道自己是普通的沙粒,而不是价值连城的珍珠。你要卓尔不群,那就要有鹤立鸡群的资本才行。所以忍受不了打击和挫折,承受不住忽视和平淡,就很难达到辉煌。

若要自己卓然出众,那就要努力使自己成为一颗珍珠。

好行为训练营

太过于顺利的环境,只能长出适合温室生长的花朵,而缺少田野绿植的野性活力;只有经过狂风暴雨的洗礼,在千锤百炼中让自己蜕变出色,才能在众人中脱颖而出,创造不再平庸的人生。花草如此,珍珠如此,人的成长更是如此。

文 黄晶晶

花该花的钱 文 欧　文

> 没有理由不认真对待眼前的每一件事,无论它
> 是多么重大还是多么微小。

迈克是纽约一家小报社的普通记者。一个周末,他在一家不大的酒店里看见几位身份显赫的企业家从一个房间里走出,其中一位是福特先生。福特手里拿着一张结算单走向服务生,微笑道:"小伙子,你看看是不是有一点儿误差。"

服务生很自信地回答:"没有啊。"

"你再仔细算一算。"福特宴请的几位企业家已经朝门口走去。他却很有耐心地站在柜台前。

看着福特认真的样子,服务生很不以为意,道:"是的,因为零钱准备得很少,我多收了您50美分,但我认为像您这样富有的人是不会在意的。"

"恰恰相反,我非常在意。"福特坚决地纠正道。

服务生只得低头花了一番工夫凑够了50美分,递到一脸坦然的福特手中。

看着福特快步离去的背影,年轻的服务生低声嘀咕道:"真是小气,连50美分也这么看中。"

"不,小伙子,你说错了,他绝对是一个慷慨的人。"目睹了全过程的迈克,抑制不住地站起来,"他刚刚向慈善机构一次捐出了5000万美

元的善款。"迈克拿出一张两周前的报纸,将上面的一则报道递给服务生看。

服务生不明白如此大方的福特,为何还要当着那么多人的面,去计较那区区的50美分。

"他懂得认真对待属于自己的每一分钱。懂得取回属于自己的50美分和慷慨捐出5000万美元,是同样值得重视的。"就在福特这一看似不经意的小事中,迈克忽然领略到了自己渴望已久的成功经验,那就是——没有理由不认真对待眼前的每一件事,无论它是多么重大还是多么微小。

后来,经过多年的艰苦打拼,迈克成为美国报界的名家,而那位服务生也成为芝加哥一家五星级酒店的老板。

好行为训练营

50美分看似不多,但只要是属于自己的就不应该舍弃;5000万美元看似很多,但只要有人比自己更加需要,就应该毫不吝啬地去帮助……不论多与少、大与小,只要与我们相关,每一件事情都很重要!人生的步伐无论长短,都必须认真地走,因为,每一步都是我们攀登成功顶峰的必经之途。

文 朱晓华

让我来按冲洗键 文 闻 里

尽管德国家庭里的抽水坐便器都是节水型的，然而他们仍在人为地进行"节流"，这种惜水如金的精神让人感慨不已。

一个在沪留学的德国青年人，前些日子应邀到中国同学家做客。

其间，中国同学和这个德国人打了个招呼："对不起，我现在要上一下卫生间。"不料这个德国人立刻问道："对不起，请原谅我的冒昧，我想问的是，您上卫生间需要多长时间，如果时间不长的话，那就请您不要冲洗便池，您出来后我也要进去，就让我来按冲洗键吧。"

中国同学明白了德国朋友节约用水的心思。等他出来后，德国朋友旋即进去，不一会儿，抽水马桶响起了冲水的声音。德国朋友出来后，耸耸肩笑着说道："我的同学，这样不就节约了点儿水资源吗？"

接着他说，在德国，在自己家里或者上别人家做客时，都形成了这样的习惯，如果谁要上卫生间小便，会向其他成员广而告之，意思是谁接着要去？或者是家庭成员会向准备上卫生间的人说：请不要按冲洗键，我或者我们会接着进来。"让我来按冲洗键"成了德国人的口头禅。这样一来，一户人家光这一项节约下来的水量，也是一个不小的数字。

尽管德国家庭里的抽水坐便器都是节水型的，然而他们仍在人为地进行"节流"，这种惜水如金的精神让人感慨不已。

好行为训练营

"让我来按冲洗键",看似普通的一句话,却包含着一种良好的行为习惯。当节约水资源的行动,由这句口头禅内化为每一个德国人的日常行为,留给后人的将不光是水资源,也是一种宝贵的民族精神。要是我们每一个人从小时候开始,拥有节约资源的行为习惯,那么我们的国家一定会立于世界强国之林!

刘娟鹏

利他的习惯　文 游宇明

> 一个人对他人善良,本性善良的人会变得更加善良,那些心怀不善的人也会变得不那么坏。

一次,跟一位同学一起去移动公司交话费。同学走出大门后,还用手抓着玻璃门的手柄,原来同学身后是一个正在专心致志打手机的陌生男士,直到那位男士出门,同学才轻轻放下手柄。

前年春天去旅游,旅行团是临时凑起来的杂牌军,谁也不认识谁。几个年轻人喝完饮料,顺手将空瓶子丢在道路两旁,同行的一位中年游客默默地将空瓶拾起来,放进一个塑料袋,再把它们丢进景区的垃圾桶。后来两天,这几位年轻人再也没有乱丢废瓶子。

一位在文学上颇有造诣的朋友,能言善辩,机敏过人,然而,他与人聊天时从不抢话头,只是耐心地倾听。你说得头头是道也好,讲得混乱不清也罢,他都是微笑着望着你,赞成的不断点头,不赞成的也不轻易插嘴,一听就是几十分钟、个把小时。

习惯有好坏之分。即使是好习惯,品位也有所不同。一种建立在利己不损人的基础上,比如勤洗澡、不咬指甲、不酗酒等;一种是完全利人的,它立足于我们对他人的善意、对社会的责任感和内心的高尚之上,我们不妨称之为利他的习惯。开头说的三个人就具有这种习惯。

利他的习惯对于社会的意义是不言而喻的,世界上没有一个人会不在意他的善良,哪怕自身不善的人也是如此。一个人对他人善良,本性善良的人会变得更加善良,那些心怀不善的人也会变得不那么坏。

利他的习惯标志一个人心灵的纯度,体现我们对生命中的美好的坚守,它是一张精神脸孔,能让自己从芸芸众生中脱颖而出,它比漂亮的生理脸面更经得起风雨的侵蚀,也更能让时间铭记。

好行为训练营

"关爱自己,善待他人",是我们推崇的一种处世之道。要"关爱自己"很容易,每个人都有利己之心;要"善待他人"却不那么容易,只有常怀一颗"利他"之心,以善良为行为准则,我们才能收获一个充满爱的世界! 爱是可以传递的,只要你常有"利他"的行为,那些你付出的爱,终究会折射回你的身上!

文 朱晓华

路要拾"遗" ◎文 闻 己

如果看见地上有垃圾,就应该马上拾起来,把它丢进废物箱,这是我们每个人的责任。

赴丹麦的哥本哈根探亲访友时,所遇到的一件事情至今难忘,仿佛就发生在昨天。

那天上午,我独自一人按图索骥,前往国立博物馆参观。快走到博物馆时,忽然听到身后传来匆匆的脚步声,并伴随着一声接一声的叫喊。这时路人都用一种奇怪的眼光看着我,我感到很纳闷,怎么回事?转过身去,一位身材修长的青年男子飞快地朝我奔来。"先生,你丢了饮料罐!"我一愣,向他耸肩摊手道:"我没有丢啊。"可那青年却固执不让:"我亲眼看见一只饮料罐从你脚边滚出来的。"见他煞有介事地指责,我更是莫名其妙,也无心同他辩个清白,立刻转身回去,弯腰拾起那只不知从何方滚到我脚边的空饮料罐。随着"咣当"一声,我将饮料罐扔进了路边的废物箱里。

息事宁人后,见那男青年还站在那里注视着我,不过,此时,他的脸上已露出了笑容。我十分委屈地向他解释:"先生,这只饮料罐真的不是我丢的。"可他却说:"我知道不是你丢的,你没有过错,但是你有义务来管啊。如果看见地上有垃圾,就应该马上拾起来,把它丢进废物箱,这是我们每个人的责任。"我无言以对,只好虚心接受,苦笑了之。

在接下来的几天行程中，我时常看见有市民自觉地俯拾路旁的废弃物或纸屑等，然后扔到废物箱里。我想，也许正是哥本哈根市民自觉形成的路要拾"遗"的良好习惯，才使得这里的条条街道都非常洁净。

好行为训练营

每个人都随时捡拾自己看到的垃圾，我们就能拥有洁净的生活环境；每个人都随时制止不文明现象，我们就能拥有健康的社会环境。让这种"路要拾'遗'"的好行为在我们的身边也发扬光大吧，只有这样，我们才能拥有一个更美好的家园！

文 王　艳

通往幸福的密语 文 简良助

"凡道过早安的必留下印象"，于是，他把不认识的人变成点头之交，把先前点头之交的，变成握手之交，把过去握手之交的，变成谈心之交。

清晨，我常到附近的运动公园慢跑，认识了谦卑和蔼的王科长。

我之所以认识他，是因为那天清晨，我们在园中的小径上相遇，他先向我道声早。听到这声早时，以为是熟识的朋友向我打招呼，抬头一望，原来并不认识。不过，基于礼尚往来，我很高兴地回了他一声早。

从此，我们清晨相遇，都会不自觉地打招呼，有时我先向他道早，

有时他先,更多时候,我们是异口同声地互道早安。

每天清晨,来此公园运动的人,有如过江之鲫,我发现王科长几乎都认识,我很惊异,也很佩服。

有一次,我们驻足聊天,我说他交友广阔,所以园中有那么多人跟他打招呼。他说,这些打招呼的人是他先向人道早而认识的。他每天清晨来公园运动,只要有人与他擦身而过,不论识与不识,不分男女老幼,他都会主动向人道早安,"凡道过早安的必留下印象"。

于是,他把不认识的人变成点头之交,把先前点头之交的,变成握手之交,把过去握手之交的,变成谈心之交。时间久了,不自觉地相识满公园。这声早安,妙用可谓十足。

好行为训练营

礼貌待人,是与人交流时必备的好行为。一声"早安",可以结交无数的朋友;一个笑脸,可以收获愉悦的心情。所以说,以礼待人的好行为,是通往幸福路途的密码。学会它,每天都微笑着面对生活,面对每一个朝你迎面走来的人吧!

文 刘娟鹏

第2辑

自己的事情自己做

　　当幼鹰长到足够大时,鹰妈妈就把它们从巢穴的边缘赶下去。当幼鹰开始坠向谷底时,它们就会拼命地拍打翅膀来阻止自己继续下落。最后,它们的性命保住了,因为它们掌握了作为一只鹰必须具备的本领——飞翔!

　　幼鹰坠向深谷学会飞翔,人也需要困境来激发自己的潜能。不经历风雨,怎能见彩虹,只有在广阔的天地中锻炼自己,才能使自己真正成熟。

"神树"之死 文 沈岳明

科学家们从中找到了答案:它不是死于风沙、干旱、高温、严寒和冰雹的摧残,而是死于人们的精心护理。

尼日尔有一株金合欢树,生长在撒哈拉沙漠的沙海之中,已活了1800年。它根部扎到沙海深处30米以下,虽然它的主干弯曲,而且粗糙,绿叶也不多,但枝干旺盛,年年都生枝发芽。它是唯一在这里生存下来的古树。这里常年干旱,日间与夜间的气温相差很大,而且天气变化异常,恶劣的环境使这株金合欢树浑身伤痕累累,但它却顽强地生存了下来。受到沙漠严重威胁的尼日尔人民,将它视为"神树",当地图阿雷克族人把它作为生命的图腾。

于是,从树旁经过的车辆和驼队,都自发地担当起保护这株金合欢树的重任。他们根据其他金合欢树的生长特点,对这棵树进行护理,先将残枝败叶修剪干净,在它的根部堆上泥土。然后,每个人将自己珍贵的饮用水拿出来,给树灌溉,还给树立起了屏障,以便遮挡风沙和冰雹。

可是,仅仅一年时间,这棵树便枯萎了。得知它的死讯,尼日尔人一片悲声。此时,科学家们却从中找到了答案:它不是死于风沙、干旱、高温的摧残,而是死于人们的精心护理。

"神树"能在恶劣的自然环境下存活1800余年，得益于它在艰难条件下自己努力求生。旁人的帮助，让它失去了"艰难环境"这一对手，也就失去了自我求生的本能，安逸的生活反让它斗志消沉。人也是如此，感谢苦难生活磨砺了我们自我求生的本能吧，因为只有它，才可以让我们保持旺盛的生命力！

文 刘娟鹏

天堂鸟的故事 文 佚 名

小女孩因为过度渴望目睹天堂鸟，竟忘我地拉着服务生的手，慢慢地走。从那天起，小女孩的病便痊愈了。

1858年，瑞典的一个富豪人家生下了一个女儿，全家为之欢欣。然而欢乐并没有延续多久，数年后小女孩突然患了一种无法解释的瘫痪症，丧失了走路的能力。

隔年夏天，全家人到海边避暑，住在当地一位船长的家中。男主人出海航行，女主人很热心地讲了许多有关她丈夫和他的船的故事给小女孩听。而最令小女孩入迷的，是船长的那只天堂鸟，她真巴不得船长立刻回来，好让她亲睹天堂鸟的模样。小女孩对未曾见过的天堂鸟已经爱得不得了。

船长终于回来了。保姆带着小女孩上船，她把小女孩留在甲板

上，然后自个儿去找船长。小女孩却捺不住，她要求船上的服务生立刻带她去看天堂鸟。那服务生并不知道女孩的腿不能走路，只顾要带着她一径去看那只美丽的鸟。

奇迹发生了。小女孩因为过度渴望目睹天堂鸟，竟忘我地拉着服务生的手，慢慢地走。从那天起，小女孩的病便痊愈了。

那个小女孩就是塞尔玛·拉格洛芙，后来成为瑞典最伟大的作家之一，并于1909年成为首位荣获诺贝尔文学奖的女性。

好行为训练营

拉格萝芙的故事告诉我们：渴求和热望可以诞生奇迹，只要相信自己。让自己的内心充满飞翔的信念，我们就可以长出美丽的翅膀。

文 朱晓华

"冷酷"的爱 文 张国学

生命是你自己的，你必须也只能自己负责，你就是你自己的上帝。以自己的大智大勇，直面瞬息万变的复杂生活。

有这样两个真实的故事。

早在1920年，美国的一个年仅11岁的男孩爱上了足球。他在校园里踢，在庭院里练，一次不小心把邻居家的玻璃踢了个粉碎。当时玻璃很昂贵，邻居索赔12.5美元。12.5美元是个不小的数目，当时可以买下125只下蛋的母鸡。小男孩自知闯了祸，便主动向父亲说明原因,承认错误,希望父亲能帮助处理这件事。父亲问道:"这事是你做的吧?"

"是的,爸爸。"小男孩说。

"那你应不应该负责?"父亲接着又问。

"应该,我做的事我必须负责。"男孩坚定地说,"可我没有钱。"

"钱我可以借给你,但你一年后必须还给我。"父亲说。

"放心好了,爸爸! 一年后我一定还上这笔钱。"小男孩非常自信地说。

从此,这个小男孩就开始了一边读书学习,一边打工挣钱的艰苦生活。他仅仅用了半年时间就还上了父亲的12.5美元。这个小男孩就是后来成为美国总统的里根。

也是在20世纪的外国,一位心理学家领着他七八岁的儿子到运动场去玩。他们来到运动场的沙坑边,看见一米多高的凳子,两米来高的铁架平台,儿子对父亲说:"爸爸,我要到铁架上去!"

"上吧,可以登这个凳子上去。"

儿子真的先上了凳子,又借着凳子费力地攀上了铁架平台,可就在攀上的同时,小脚一使劲把凳子弄倒了。

"真高,我比爸爸还高!"可是高兴了一会儿,儿子便发现凳子已倒,自己下不来了,就说:

"爸爸,我要下去。"

"下吧,往沙坑里跳。"

"不,太高了,我怕摔着。"

"不会的,跳吧,爸爸在这儿接你。"说着,父亲走到了沙坑里。

儿子看了看,真的朝站在沙坑里的爸爸跳去……可是父亲不仅没接,反而侧身一躲,把儿子实实在在地摔了一下。儿子摔痛了,大哭,他埋怨爸爸骗他。可父亲却先让儿子擦干眼泪,然后说:"我这是告诉你,不论做什么,都要考虑随时可能会有意想不到的事情发生,而这时,不要依赖或指望别人,应该靠自己来解决。"

看完了上述两个故事,我们想到了什么呢?让一个11岁的孩子打工还钱,这样的爸爸够"冷酷"了吧?欺骗七八岁的孩子,致使他被摔得哇哇痛哭,这样的爸爸岂止"冷酷",简直是残忍。这样的事情在当今中国人看来真是匪夷所思、天方夜谭。然而,这的的确确是事实。这也恰恰是两个称职的爸爸至爱的体现。因为他们懂得什么才是"父爱",知道怎样才能教育培养出子女完整、健康的思想品格,提高他们的身心素质,进而适应社会。这实在是他们的高明之处。里根的父亲不溺爱子女,对里根教育及时、施教有方,犯了错误,就应该勇于承担后果。心理学家的做法虽说有点"恶作剧"之嫌,但目的明确、用心良苦,这是在有意地创设情境,给子女以更高层次的自立自强的至爱的教育。

不是吗?世事万千,人生多彩;天有不测风云,事有难料变异。人处世上,你所承担的,应该有各式各样的责任;你所应对的,应该是性质不同的众多事务;你所面临的,根本不可能一切都是预想得到的;你所经受的,也绝对不会永远是你所谙熟的。因此,你必须通过学习、磨炼,才能形成随时化险应变的良好心态;具备逢事克难制胜的智慧才能。任何人都不能永远依赖他人,自己的路必须自己走。有人帮助你,那只是一时的幸运;没人帮助你,才是天经地义的公正的命运。生命是你自己的,你必须也只能自己负责,你就是你自己的上帝。以自己的大智大勇,直面瞬息万变的复杂生活。

好行为训练营

两个父亲"冷酷"的爱,恰恰是至爱和深爱的体现,因为他们教会儿子的,是让儿子终生受益的好行为:自己犯下的错误自己承担;自己的事情自己解决!父母只能告诉我们方向,路还得我们自己去走。在漫漫人生路上,要跨越那么多坎坷,靠的是我们自己的双脚。

文 王艳

选择在于自己 文 芭蕾舞者

"我不这么认为,"老团长反驳说,"如果你真的渴望成为一名舞蹈家,你是不会在意我对你说的话的。"

　　一个从小练习芭蕾舞的女孩决定考取正规院校进行训练,并将跳舞作为终生职业。

　　但她很想搞清楚自己是否有这个天分。于是,当一个芭蕾舞团来到女孩居住的城市时,她跑去求见该团团长。

　　女孩说:"我想成为最出色的芭蕾舞演员,但我不知道自己是否有这个天分。"

　　"你跳一段舞给我看看。"团长说。5分钟后,团长打断了女孩,摇了摇头说:"不,你没有这个条件。"

　　女孩伤心地回到家,把舞鞋扔到箱底后再也没穿上。后来,她结婚生子,当了超市的服务员。

　　多年后,她去看芭蕾舞演出,在剧院出口处又碰到了当年的团长。她想起当时的对话,于是给团长看了自己家人的照片,并聊起现在的生活。她说:"有一点我始终不明白,你怎么那么快就知道我没有当舞蹈家的天分呢?"

　　"哦,你跳舞的时候我几乎没怎么看,我只是对你说了对其他所有人都会说的话。""这真不可饶恕!"她叫道,"你这句话几乎毁掉了我的生活,我原本可以成为最出色的芭蕾舞演员的!"

"我不这么认为,"老团长反驳说,"如果你真的渴望成为一名舞蹈家,你是不会在意我对你说的话的。"

好行为训练营

因为别人的一句话而轻易放弃自己的梦想,这样的人注定不能成功。如果女孩当初能坚定自己的行为,十年如一日地勤学苦练,谁说她就成不了最出色的舞蹈家?所有成功者的行为准则都是:不管别人说什么、怎么说,路在自己的脚下,既然选择了远方就应该风雨兼程!

文 朱晓华

于丹的手电筒 文 侠 子

"于丹大学毕业后,有过一段低迷时期。师兄知道后,立即给她写了一封信。信上只有五个字:"我带手电了!"看着这五个字,于丹"扑哧"一声笑了。

上大学时的一个暑假,于丹和两个师兄一起去新疆。他们先到敦煌莫高窟。在那里的几天,于丹和师兄几乎每天去看洞。这些洞让于丹感到激动,更让她激动和向往的是洞外的沙漠。

于丹特别想去闯沙漠,可师兄总说要等到哪天不看洞,一早才能去。但是每天一早,师兄们一背摄影包就走,留下于丹一个人在旅馆。

于丹想,师兄不让自己进沙漠,无非是天黑怕她走丢。她坐不住了,找讲解员借了一把大手电,给师兄留下字条:"我自己去看沙漠了,你们别担心,我带手电了。"

除了手电,于丹还带了一把短刀、一条毛巾、一盒火柴和一壶水。她头戴一顶破草帽,穿着牛仔短裤、小背心,一个人奔向沙漠。

于丹走进沙漠时确实很激动。下午4点多钟,烈日炎炎,沙漠里有三十八九摄氏度的高温。于丹穿行在沙漠中,基本上是走一步退半步。

于丹突然觉得皮肤凉飕飕的,四下一看,她瞬间明白了那句"天似穹庐,笼盖四野"的古诗意境,四面竟然一模一样。于丹清楚地记得刚才是顺着一条干了的河道来的,这会儿别说河道找不着,四处的沙丘全是一样,气温也像坐滑梯一样,降到四五摄氏度。

于丹的第一反应是生火。沙漠上只有一种叫骆驼刺的植物,根扎得非常深。于丹拿短刀刨挖,再用手扒。十指被扎得鲜血淋漓,但于丹已经顾不得疼了,她终于明白了什么是求生欲。刨了一小堆骆驼刺后,她划了半盒火柴也点不着。突然,她想起自己带的毛巾,便把毛巾垫在骆驼刺下当引子,慢慢地,骆驼刺烧了起来。

天快亮时,两个师兄终于通过这堆火找到于丹。师兄说:"你这个傻丫头,你知道沙漠有狼吗?你知道沙丘会平移吗?你知道沙尘暴吗?你知道沙漠里的温度一下可以降三十多度吗?"

面对师兄的责问,于丹一直摇头说:"不知道,不知道,最后一个还是刚知道的。"

回去的路上,师兄故意问于丹:"你带的手电有用吗?"这时于丹才突然想起,她带的水、毛巾、火柴和刀都派上了用场,唯独手电没用上。

于丹转念又想,手电也是有用的,有手电就不怕黑暗,就多了一份勇气和安全感。倘若不带手电,她就不敢独闯沙漠。在那个可怕的夜晚,说不准她会永远留在沙漠里。

于丹大学毕业后,有过一段低迷时期。师兄知道后,立即给她写了一封信。信上只有五个字:"我带手电了!"看着这五个字,于丹"扑哧"一声笑了。她明白师兄的鼓励,也明白了无论人生是逆境还是顺境,只要"带手电了",就可以从容应对,就像当年她一个人独闯沙漠一样。

好行为训练营

带一个手电筒上路,可以让我们在黑暗中多一份勇气和安全感;带一份求生的勇气上路,可以让我们在困境险途中绝处逢生。所以,让我们都坚持这样一个行为:随时给自己备一个"手电筒",让我们的内心时时刻刻都充满光明!

文 朱晓华

立即行动才是良药 文 若 梅

只要努力,每天都会有不同程度的进步。虽然每天的变化仅仅是一点点,但累积起来,进步和变化是很大的。你从这个角度观察自己,每天将它们记录下来,就是一笔财富,也是提高你自信的源泉。

张立国今天的心情糟透了。脑子里一直在胡思乱想,什么也不想干,什么也干不成。坐在教室里自习,他悲哀地发现——大部分时间不是自己在看书,而是书在看着自己。想想还有这么多功课等着自己去做,而这一天,眼看就要白白浪费掉了,他心里愈发不安。立国发现自己情绪不对,便紧张起来,下意识地加以排斥,结果他更加无法控制自己,郁闷、痛心,以至于进入恶性循环。苦思冥想中他感觉自己快要崩溃了。

立国烦闷的由头来自期中考试——数学71分、物理69分、英语82分、语文……唉,不说也罢!虽说各科都及格了,但在这个数学实验班里,张立国的成绩已经处在中下游了!这样下去……自己不就完了吗?沮丧、烦闷、悔恨、不知所措……反正,张立国觉得自己现在的情绪,可以用一切消极的词汇来描述。就这样吧,看来是没啥指望了……

铃声响过,同学们纷纷走出教室。班主任王老师来到立国身边,轻轻拍拍他的肩膀,坐了下来。"在为成绩难过?"老师问。

"嗯!"

"我看你一节课什么事情都没做,是不是这样就能解决问题啊?"

"老师,我真的完了。我谁都比不上了!"张立国的眼睛里闪着泪光。

"你看过朱德庸的漫画吗?我好像记得他有个漫画叫'跳楼'。说的是一个人因为不堪忍受生活的重负,终于在悲痛欲绝之际从11层跳了下来。当她跳到10层的时候,发现平时以模范夫妻著称的两个人正在互殴;9层的人正在吃抗抑郁的药;8层的人……跳楼的人突然觉得,看看别人的生活,其实自己过得还不错。唉!来不及了,她重重地摔在地上。凡是看到她惨状的人都觉得——自己过得也还不错!

"我觉得你现在很像是那个跳楼的人。期中成绩一出来,你就像个泄了气的皮球,打不起精神了。"老师说。

"我已经是中下游了啊!这是数学班,哪里还有翻身的日子啊!"立国说。

"全小林成绩比你差,他刚刚和我谈过,我们一起制订了学习计划,他说自己一定努力;王鹃是咱班倒数第一名,她对我说的是,要想尽办法提高成绩。他们像不像漫画中10层、9层、8层的住户?你比他们强可你却先要跳楼了……"

张立国愕然了!他没想到老师会这样比喻自己。

"一味苦思冥想解决不了任何问题,只有积极行动才能改变心情,走出困境。打个比方,我们很长时间没见过一位朋友,突然见面,你惊奇地发现他长高了、变瘦了、精神了。可这对于当事人以及他周围的人，可能感觉并不明显。因为我们总是习惯把今天的'我'和昨天的'我'进行比较，短短的时间差，是不容易发现变化的。就如同从黑夜到黎明，那是一个渐变的过程。

"这一点的启发是，其实每天我们都在变化。只要努力，每天都会有不同程度的进步。虽然每天的变化仅仅是一点点，但累积起来，进步和变化是很大的。你从这个角度观察自己，每天将它们记录下来，就是一笔财富，也是提高你自信的源泉。"

"老师，您是在教我……"

"应对悲观的积极攻略！"老师笑着回答立国。

"那我该怎样……"张立国有些疑惑。

"成绩不好，你可以把它看成是绝望的尽头，自己将永不得翻身；你也可以把它看成是新的起点，从此一点一滴去努力。关键看你如何选择。"

"我当然选择后者！"张立国大声说。

"看问题要有积极的视角，成绩不好需要我们重新给自己定位，重新制订学习计划，然后……"老师卖了个关子。

"然后怎么样？"立国有些着急。

"然后，行动才是改变一切的最好的良药。"

好行为训练营

　　我们在日常学习和生活中会遇到各种各样的困难，正视这些困难，进而积极应对的最好方式就是立即行动起来。行动起来，就能摆脱失败或悲观情绪的困扰，从而树立积极的目标；行动起来，执行新的计划，就能使生活重新充满希望，进而改变困境。说到不如做到，只有行动才能改变一切。

文 朱晓华

不经历风雨怎能见彩虹 　文 佚 名

拿破仑告诉我们:"人生的光荣,不在于永不言败,而在于能够屡扑屡起。"

　　华罗庚中学毕业后,因交不起学费被迫退学。回到家乡,他一面帮父亲干活,一面继续顽强地读书自学。不久,又身染伤寒,病势垂危。他在床上躺了半年,痊愈后却留下了终身残疾——左腿的关节变形,瘸了。当时他只有19岁,在那迷茫、困惑,近乎绝望的日子里,他想起了双腿残疾后著兵法的孙膑。"古人尚能身残志不残,我才只有19岁,更没理由自暴自弃,我要用健全的头脑,代替不健全的双腿!"青年华罗庚就是这样顽强地与命运抗争。白天,他拖着病腿,忍着关节的剧烈疼痛,拄着拐杖一颠一颠地干活,晚上,他在油灯下自学到深夜。1930年,他的论文在《科学》杂志上发表了,这篇论文惊动了时任清华大学数学系主任的熊庆来教授。之后,清华大学聘请了华罗庚当助理员。在名家云集的清华园,华罗庚一边做助理的工作,一边在数学系旁听,还用4年的时间自学了英文、法文、德文,发表了10篇论文。他25岁时,已是蜚声国际的青年学者了。

　　想想华罗庚,想想那些自立自强的人,再想想我们吧。不经风雨,难以成树;不经百炼,难以成钢啊!温室里的小树,无法长成参天的栋梁;关在笼子里的鸟,无法去征服山那边更高更远的天空。拿破仑

告诉我们："人生的光荣，不在于永不言败，而在于能够屡扑屡起。"

好行为训练营

孙膑双腿残疾仍能著出名垂千古的《孙膑兵法》；华罗庚身残志坚，自学成为举世闻名的数学家。他们的事迹告诉我们，不论是顺途还是逆境，坚持自己的信念最重要。当对信念的追求成为我们的日常行为，成功就会水到渠成！

文 王 艳

生活的强者 文 佚 名

他由此从男孩变成了苦难打不倒的男子汉，在贫困中求学，在艰辛中自强。今天他看起来依然文弱，但是在精神上，他从来都是强者。

当他还是一个孩子的时候，就对另一个更弱小的孩子担起了责任，就要撑起困境中的家庭，就要学会友善、勇敢和坚强。生活让他过早地开始收获，他由此从男孩变成了苦难打不倒的男子汉，在贫困中求学，在艰辛中自强。今天他看起来依然文弱，但是在精神上，他从来都是强者。

洪战辉，在他11岁那年家庭突发重大变故：亲妹妹死了，父亲疯了，又捡回一个被"遗弃"的女婴，母亲和弟弟后来也相继离家出走。这名年仅11岁的少年没有被吓倒，而是勇敢地挑起了家庭的重担。经历了无数艰难困苦，砥砺了乐观坚强的性格，他不但自己考上了大学,还把"捡来"的妹妹养大,送进学校读书,如今已经照顾妹妹整整16年!尽管生活得相当艰难,但洪战辉从来没有申请过特困补助,还多次拒绝了好心人的捐助,在他看来,"一个人自立、自强才是最重要的!"

2005年,他被评为感动中国十大人物之一。

好行为训练营

说得多好的一句话:"一个人自立、自强才是最重要的!"洪战辉就是凭着这样一种信念,坚守着自己的责任,像一名勇敢的舵手,把一个风雨飘摇的家带入了温馨的港湾。我们该向他学习什么呢?学习他把自立自强内化成自己的行为,困难便只会是砥砺我们坚强的磨刀石!

文 朱晓华

做自己的"救星"
文 佚 名

但是它没有放弃,只好自己想办法,它知道别的动物是不会有切身的体会的,只有自己才可以帮助自己渡过难关。

这天,小猪心情很好,因为它刚吃了许多许多好东西,现在肚子正撑得圆圆的,于是它想散散步,消化一下。

小猪在树林里绕了一圈,觉得有些困了,忽然,它看见一个空心的树干躺在前面。这个树干可真粗啊,里面的木质都已经空了。"嗯,这个倒不错，正好躺进去睡一会儿，既不怕风吹又不怕日晒。"小猪满意地走过去，低头向里钻。谁知道越往里钻越紧，小猪使劲向里钻，可是它发现自己已经进不去了。"哎，原来这边的出口这么小呀。"实际上谁都知道，树干是一头粗一头细，只是小猪不知道。

这下，小猪慌了神，急忙往后退，谁知往后用不上劲，它纹丝不动。没办法，小猪只好硬着头皮往前钻，终于卡住了，一动也动不了。小猪急得大哭起来，惊动了森林里所有的动物。

急急赶来的猪妈妈猪爸爸，看着小猪直掉眼泪。它们想出了一个办法，用一根绳子套在小猪头上，把它拉出来，可是小猪被勒得气都喘不上来了，仍然被卡在那儿。

大象伯伯也来了，它用长鼻子吸满了水，想用水的冲力把小猪冲出来，可是小猪被浇得浑身湿淋淋的，还是出不来。

大力士狗熊赶来了，它想把大树干举起来扔下去，震破树干让小猪出来，结果小猪被砸得头晕目眩，眼冒金星，仍然出不来。

森林里的动物绞尽脑汁地想尽了各种办法。

有的说"用斧头砍开吧"，小猪连连摇头，万一伤着自己怎么办。有的说"那就让田鼠来咬吧，终有一天会咬开的"，小猪更着急了，那岂不是要卡在里面很久？这个办法也不行，那个办法也不好，大家商量了两三天，仍然没有一点办法，小猪已经饿得奄奄一息了，但是它没有放弃，只好自己想办法，它知道别的动物是不会有切身的体会的，只有自己才可以帮助自己渡过难关。小猪左右挪动着，它惊喜地发现自己的身体和树干之间已经有了一点空隙，原来的大肚子减小了，它转动着树干一直滚到了瀑布边，然后就顺势滚了下来，在空中，小猪从树洞里掉了出来，落入了水中，它终于从里面出来了。小猪从水中探出头，舒服地伸展了一下身躯："原来自己才是自己的救星啊。"

这只小猪真可爱,因为它在亲身实践中明白了这样一个道理:只有自己才是自己的救星! 无论是爸爸妈妈,还是其他人,能帮助我们摆脱困境的,只有自己! 从现在开始,做一只聪明的"小猪"吧! 把依靠自己作为我们的行为准则!

文 王 艳

自己先站起来 文 毛苛芸

天神回答说:"好,那你现在就站起来自己走到那水边去,不要老是找一些不能完成的理由为自己辩解。"

从前,有个生麻风病的病人,病了近40年,一直躺在路旁,等人把他带到有神奇力量的水池边,但是他躺在那儿近40年,仍然没有往水池的方向迈进半步。

有一天,天神碰见了他,问道:"先生,你要不要被医治,解除病魔? "那麻风病人说:"当然要! 可是人心好险恶,他们只顾自己,绝不会帮我。"天神听后,再问他说:"你要不要被医治?""要,当然要啦! 但是等我爬过去时,水都干涸了。"天神听了那麻风病人的话后,有点生气,再问他一次:"你到底要不要被医治? "他说:"要!"天神回答说:"好,那你现在就站起来自己走到那水边去,不要老是找一些不能完成的理由为自己辩解。"

听到天神的话后，麻风病人深感羞愧，立即站起身来，走到池水边，用手心捧着神水喝了几口。刹那间，纠缠了他近40年的麻风病竟然好了！

好行为训练营

这个故事再次告诉我们：能拯救自己的，只有自己！任何梦想依靠旁人来完成的，只会在等待中错失一次又一次的时机。像这个麻风病人，躺下来等待40年，不如自己站起来走半步！所以，让我们把"靠自己"当做人生的座右铭吧！人生的路，终究需要我们自己一步一步去丈量！

文 朱晓华

渔王的儿子 文 易 明

你只传授给了他们技术，却没有传授给他们教训，对于才能来说，没有教训与没有经验一样，都不能使人成大器！

有个渔人有着一流的捕鱼技术，被人们尊称为"渔王"。然而"渔王"年老的时候非常苦恼，因为他三个儿子的捕鱼技术都很平庸。

于是他经常向人诉说心中的苦恼："我真不明白，我捕鱼的技术这么好，我的儿子们为什么这么差？我从他们懂事起就传授捕鱼技术给他们，从最基本的东西教起，告诉他们怎样织网，怎样划船，怎样下网。他们长大了，我又教他们怎样识潮汐，辨鱼汛……凡是我长年辛辛苦苦总结出来的经验,我都毫无保留地传授给了他们,可他们的捕鱼技术竟然赶不上技术比我差的渔民的儿子!"

一位路人听了他的诉说后,问:"你一直手把手地教他们吗?"

"是的,为了让他们得到一流的捕鱼技术,我教得很仔细很耐心。"

"他们一直跟随着你吗?"

"是的,为了让他们少走弯路,我一直让他们跟着我学。"

路人说:"这样说来,你的错误就很明显了。你只传授给了他们技术,却没有传授给他们教训,对于才能来说,没有教训与没有经验一样,都不能使人成大器!"

好行为训练营

教训和经验是一对双胞胎,对于我们来说一样重要。经验可以来自前辈,教训却只能出自自身。没有经验,我们不知道怎样去解决问题;没有教训,更不知道会发生什么问题。"纸上得来终觉浅,绝知此事要躬行",教训是学不来的,需要自己亲身去实践,才能领悟到它的用途。

文 刘娟鹏

所有成功者的行为准则都是:不管
别人说什么、怎么说,路在自己的脚
下,既然选择了远方就应该风雨兼程!

第3辑

好读书成就好人生

有位拾荒者捡到了一块石头,他以10元钱的价格卖给了一个收货郎。收货郎一转手以30元钱卖给了废品回收站。回收站的老板又以300元的高价卖给了一个老人。最后,那个老人以1000万的价格卖给了珠宝商。有人问老人:"你是怎么知道这石头如此珍贵的呢?"老人说:"光研究石头,花去了我半世人生啊!"

知识改变命运,读书造就人生。成功者之所以成功,是因为他们都有一颗可贵的好奇心,能够不断追求知识。

"神童"的秘诀 文 赵文馨

陈毅5岁半就在一家私塾读书。他学习成绩总是名列前茅,同学们都称他"小神童"。

有一天,他的私塾老师毛老师去他家里,看见他正在灶前一边烧火,一边看书。因为他看书入了迷,火烧得太旺了,从锅里透出了煳味儿。妈妈刚从井边洗菜回来,发现米饭烧煳了,气得火冒三丈,抄起刷子就要去打小陈毅。

"不要打孩子!"毛老师连忙劝阻,"饭烧煳了可以将就吃,这孩子专心用功,我就喜欢。"说着,毛老师又亲切地对陈毅说,"以后做事,要多多留心!"陈毅点点头。老师从陈毅手中拿过书一看,原来是一篇还没教的课文,他已经用笔在上面画了许多圈圈点点。

毛老师惊奇地问:"这些符号是什么意思?"

陈毅回答说:"打圈圈的,是懂的;打半圈圈的,不太明白,等老师讲明白了,再打圈圈;打黑点的是生字。"

原来陈毅每次听课前,总要把新课文预习一下,把生字和不懂的词句画出来。听课时,他格外留心,再有不懂的地方,便直接向老师提出问题。毛老师十分高兴地称赞道:"真是一个很好的学习方法。今天我总算发现了。"

好行为训练营

陈毅自小读书投入，学习方法也独特，终至成为共和国的元帅；毛泽东自小爱读书，身处闹市尚如在无人之境，终至成为共和国的主席。他们共同的特点都是爱读书。爱读书是一个好行为，它可以引导我们达到更高更远的目标。

文 王　艳

读书贵在少年时　文 张　庆

我体会到，小时候读过的东西，特别是背诵过的东西，几乎可以终生不忘，正像人们所说的那样，"幼学如漆"。

人的一生，什么阶段的读书活动最为关键？我个人的体会是：读书贵在少年时。

幼年，引领我步入语文殿堂的是我的外祖父。外祖父是个私塾先生，读过许多书，书法写得极好。我小时候很喜欢听他讲《聊斋》故事。有一次，他给我讲了这么一个故事：一个书生，正在床上睡觉，看到有一队小人儿，骑着小马儿，架着小鹰儿，带着小猎犬，在他的席子上打猎，猎物就是床上的虱子、跳蚤。打猎的队伍满载而归了，却把两只小猎犬给丢下了。这两只小猎犬大如米粒，他觉得非常好玩，就收养下来。可是有一次他睡觉翻身，不小心竟把两只小猎犬压得扁扁的……我听得入了神儿，觉得挺有意思。从那以后，我便渴望着有一天能读到

《聊斋》。后来我能读文言文了,果然喜欢上了《聊斋》。直到如今,我还时不时地翻读这本书呢。

有一次,我读书遇到了一个"蠖"(huò)字不认识,就去问姥爷。他就将案头的那本字典取过来,戴上老花镜翻查起来。然后告诉我:这是"尺蠖"的"蠖",是一种虫子。我问这种虫子为什么叫尺蠖?姥爷说:这种虫子在爬行的时候,一拱一拱的,像用拇指和中指连续不断地量东西。他一边说一边就张开拇指、中指在桌子上演示起来:"你看,是不是跟尺子一样?"他还耐心地教我怎么取部首,怎么反切字音。从那以后,我只要遇到生字,就自己动手练习查字典,再把字典上的解释写在书的天头上。

他教学生吟诵《千家诗》,抑扬顿挫,像是唱歌,我觉得很好听,就跟着哼唱。后来,姥爷陆续地教我念了好几十首。虽然我还不能完全领会其中的意思,但觉得押韵上口,吟诵起来很带劲儿。

姥爷抽"万寿"牌的香烟,我很喜欢为他跑腿买烟,为的是从烟盒里抽取画片。这种牌子的香烟,每个盒子里都装有一张梁山泊一百单八将的画片。

就这么积啊攒啊,终于攒全了整套画片。一百单八将的绰号和名字,我那时如数家珍,记得透熟。渐渐地我就不满足了:这一百单八将有什么故事?为什么会有那样的绰号?于是就急于想买到一部《水浒传》。我将父母给我的零花钱一点一点地积攒起来,终于如愿以偿。我如饥似渴地读起来,有时读得入了迷,连吃饭都忘了。

后来进了中学,我的阅读面更广了。我读过巴金的一些小说和朱自清的一些散文,还读过苏联的翻译文学作品,如高尔基的《童年》,奥斯特洛夫斯基的《钢铁是怎样炼成的》。

参加工作以后,我又在一位熟悉国学的老先生的指导下,系统地读了《春秋》、《论语》、《孟子》、《文心雕龙》等古代典籍。老先生告诉我,要读就读整本的书,不要只读选篇,那样很可能只见树木,不见森林。

为什么说"读书贵在少年时"呢？

我体会到，小时候读过的东西，特别是背诵过的东西，几乎可以终生不忘，正像人们所说的那样，"幼学如漆"。我现在还能背诵的一些诗文，几乎都是那时候背过的。成年以后，我当了语文老师，在备课时也试着把要教的课文背下来，可是过不多久，就忘得一干二净了。所以我劝同学们从小要多背一些东西，特别是多背一些经典的诗文。"花开堪折直须折，莫待无花空折枝"！

小学阶段，还是养成良好读书习惯的好时机。王尔德说得好："起初是我们造成习惯，后来是习惯造成我们。"姥爷教我查字典，让我从小养成了"读书莫放'拦路虎'"的习惯。直到现在，我读书看报遇到生字，还是要翻一翻字典，并将字音记下来。就这样，我认识了大量的字，大大地减少了笔下的错别字。

我知道不少同学都迷恋电视。看电视固然可以获得许多知识和信息，但电视毕竟代替不了读书。作为一个现代人，必须具备阅读的本领，而阅读的本领又是在大量的读书活动中"读"出来的；一天到晚看电视，是"看"不出阅读本领来的。

好行为训练营

作者根据自己少年时代的经历，用平实的语言讲述了一个朴素的道理：小学阶段，是养成良好读书习惯的好时机！俗话说"一日之计在于晨，一年之计在于春"，对于我们来说，少年时期就是我们人生的早晨、生命的春天！让我们都把握好少年时期，为以后漫长的人生打下良好的基础吧！

文　朱晓华

乘着想象的翅膀飞翔 文 崔鹤同

莫尔斯通过想象发明了电报；斯蒂芬逊通过想象发明了火车；罗杰斯通过想象发明了飞机；富尔顿通过想象发明了轮船……就连化学分子式的发现，都离不开想象。

爱因斯坦小时候，对光速问题十分着迷。有一次在一个小山头上眯起眼睛向上看。爱因斯坦好奇地想，如果能乘一条光线去旅行，那将是什么样子呢？

他想象着自己在做一次宇宙旅行。想象力把他带进了一个神奇的场所，这个场所无法用经典物理学的观点来解释。

在这种想象的指引下，爱因斯坦发现了接近光速运动的物体在空间上缩短和在时间上变慢的效应，并提出了一种新的理论以解释他的想象——这就是震惊世界的广义相对论。

可以说，没有想象，就没有伟大的爱因斯坦。苏联的齐奥尔科夫斯基8岁时，母亲送给他一个能在空中自由飘动的大氢气球，这引起了他极大的兴趣。他常常聚精会神地仰望天空思索：能否乘着气球去航行呢？

10岁那年，齐奥尔科夫斯基患了猩红热引起并发症，完全失去了听觉。但是，他并没有失去信心。他白天到图书馆刻苦自学，一到晚上，就尽情地展开想象的翅膀，设想出种种理想的客体，来实现飞行的愿望。他想：是否可以制造一个永远悬在空中的金属气球呢？能否发明一种飞行器呢？能否利用地球旋转的能量呢？

当时有很多人把他贬为"无用的空想家"和"狂妄的设计师"。但是,这一切都没有阻挡他探索攀登的步伐。1883年,他阐明了宇宙飞船的设计方案。1903年,他发现了著名的齐奥尔科夫斯基公式——火箭运动公式。他首先提出了液体燃料火箭的设想,并设计出了世界上第一枚液体火箭发动机的构造示意图。1929年,他首次提出了多节火箭的设想。现在这些都已成为现实。他成为苏联也是世界上最伟大的航空航天科学家。

美国哲学家杜威说:"科学最伟大的进步是由崭新的、大胆的想象力所带来的。"

马可尼发明了无线电,这是惊人想象力的实现；莫尔斯通过想象发明了电报；斯蒂芬逊通过想象发明了火车；罗杰斯通过想象发明了飞机；富尔顿通过想象发明了轮船……就连化学分子式的发现,都离不开想象。同样,文艺创作也离不开想象。难怪德国哲学家黑格尔说:"想象是最杰出的艺术本领。"年轻人是最具活力,最富想象力的。让我们乘着想象的翅膀,在理想和希望的天空,欢乐地飞翔。

好行为训练营

说得真好——想象是最杰出的艺术本领！古今中外,那么多伟大的发明创造,都建立在科学家想象的基础上！从现在开始,自由放飞我们的思想吧！学会思考、学会想象,未来的科学家就在我们当中诞生！

文　王艳

没有天生的傻瓜 ●文 罗 西

没有天生的傻瓜，只有制造的蠢材。天才之所以成为天才，是因为有一颗可贵的好奇心。

　　桑代克是动物心理学的鼻祖，联结主义心理学的创始人，创建了教育心理学，也是美国教育测验运动的领袖之一。他生于美国麻省一个牧师家庭，一生致力于心理学研究，著述颇多。桑代克对行为主义学派的影响主要来源于他对小鸡、小猫研究的结果。

　　1895年，他到哈佛大学，做小鸡走迷津实验（走迷宫），后转到哥伦比亚大学学习，继续利用猫和狗等做实验。他在实验中发现，最初，小鸡小猫小狗都是在死路里转来转去，偶尔会找到出口，逃出迷宫，而这通常需要花很长时间。但重复多次以后，小鸡小猫小狗在死路中瞎转的次数都会减少，花费的时间也会减少很多；训练到一定次数以后，一把它们放入迷宫，它们甚至会立即直奔出口而去，很快就成功逃脱。

　　桑代克认为，小鸡小猫小狗都不是通过推理和观察而学会逃出迷宫的，它们之所以能够顺利逃脱，原因只有一点，那就是不断地尝试。在不断的尝试和失败中慢慢消除那些无用的行为，记住那些有助于逃脱的行为。用桑代克的话说，就是它们已经在这些有用的行为和行为的目标之间建立了联系。

　　桑代克还有另外一个实验：用木条钉成的箱子里，有一块能打开门的脚踏板，当门开启后，猫即可逃出箱子，并能得到箱子外的奖赏——鱼。实验开始了。一开始,饿猫进入箱子中时,只是无目的地乱咬、乱撞,后来偶然碰上脚踏板,饿猫打开箱门,逃出箱子,得到了食物。

接着第二次,桑代克再把饿猫关在箱子中,如此多次重复,最后,猫一进入箱中即能打开箱门。

桑代克据此认为,学习的实质就是有机体形成"刺激"(S)与"反应"(R)之间的联结。他明确地指出"学习即联结,心即是一个人的联结系统"。同时,他还认为学习的过程是一种渐进的尝试错误的过程。在这个过程中,无关的错误的反应逐渐减少,而正确的反应最终形成。根据他的这一理论,人们称他的关于学习的论述为"试误说"。

是的,学习的过程就是尝试的过程,试了,才知道什么是对的,什么是错的。没有天生的傻瓜,只有制造的蠢材。天才之所以成为天才,是因为有一颗可贵的好奇心,世界是一本看不完的书,它可以是你创造辉煌的舞台,也可以是埋葬书呆子的坟墓。迷路并不可怕,可怕的是,你没有探路的心。

好行为训练营

感谢桑代克,他的实验告诉我们,即使是低等动物,尚能通过不断的尝试减少错误的行为,采取正确的行为,最终达到自己的目的;作为高级动物的人类就更是如此。学习的过程,其实就是一个不断尝试,不断舍弃错误、积累正确的过程。多行动、多尝试吧,成功只垂青于敢于行动的人!

文 朱晓华

勤奋人生 文 安武林

做一个勤奋的人,阳光每一天的第一个吻,肯定先落在勤奋者的脸颊上。

在美国,有一个人在一年之中的每一天里,都几乎做着同一件事:天刚刚放亮,他就伏在打字机前,开始一天的写作。这个人名叫斯蒂芬·金,是国际上著名的恐怖小说大师。

斯蒂芬·金的经历十分坎坷,他曾经潦倒得连电话费都交不起,电话公司因此而掐断了他的电话线。后来,他成了世界上著名的恐怖小说大师,整天稿约不断。常常是一部小说还在他的大脑之中储存着,出版社高额的订金就支付给了他。如今他算是世界级的大富翁了。可是,他的每一天,仍然是在勤奋的创作之中度过的。

斯蒂芬·金成功的秘诀很简单,只有两个字:勤奋。一年之中,他只有三天的时间是例外的,不写作。也就是说,他只有三天的休息时间。这三天是:生日、圣诞节、美国独立日(国庆日)。勤奋给他带来的好处是永不枯竭的灵感。学术大家季羡林老先生曾经说过:"勤奋出灵感。"缪斯女神对那些勤奋的人总是格外青睐的,她会源源不断地给这些人送去灵感。

斯蒂芬·金和一般的作家有点不同。一般的作家在没有灵感的时候,就去干别的事情,从不逼自己硬写。但斯蒂芬·金在没有什么可写的情况下,每天也要坚持写5000字。这是他在早期写作时,他的老师传授给他的一条经验,他也是坚持这么做的,这使他终生受益。他说,我从没有过没有灵感的恐慌。

做一个勤奋的人,阳光每一天的第一个吻,肯定先落在勤奋者的脸颊上。

好行为训练营

成功最好的法则是什么?是勤奋!这是古今中外无数成功者得出的经验。从少年时开始,坚持勤奋的好行为,生活自会回报你丰厚的奖励:勤于写作,终有一天清丽的词句会从你的笔下汩汩涌出;勤于思考,终有一天智慧的火花会在你头脑中熠熠闪光!

文 朱晓华

从倒数第一到名列前茅 文 亦 文

如果一个人不清楚自己适合做什么,别人往往不会给他指出来。即便一个学生的某一门课很差,人们出于好心,也总会鼓励他"加把劲儿,你也能行"。

50多年前,在英国牛津市的一所小学校里,有一个学习很差的学生,班里的成绩排名经常是倒数第一,什么拉丁文啦,数学啦,法语啦总是3分。谁也没有想到,50多年后,他会来到瑞典斯德哥尔摩领取2001年的诺贝尔生理学或医学奖。他曾笑着说:"小时候分数差不必自卑,它不能决定一个人的一生。"

蒂姆·汉特,英国生物学家,因为1982年发现了在细胞分裂过程中对细胞分裂周期起控制作用的一种蛋白,而荣获2001年诺贝尔生理学或医学奖,据说他的研究对人类最终攻克癌症难关将起到很大的作用。

一个小时候成绩很差的学生,为什么最终能成为一名成绩卓著的科学家呢?许多人都想知道其中的奥秘。用汉特博士自己的话来说,就是:"我清楚自己喜欢什么,适合什么。"

汉特两岁时,全家搬到了牛津市,他是在牛津大学的校园里长大的。牛津大学的科普环境非常好,各系经常举办科普讲座,谁都可以去听,汉特经常是第一个到场。在纪念达尔文进化论发表100周年时,生物系举办了各种讲座,讲物种起源,讲人体的新陈代谢。这些讲座深深地迷住了汉特,他觉得生物体真是太奇妙了。对生物学的浓厚兴趣,使得汉特在学习上出现了明显的偏科,他的生物课成绩是班上最好的,而拉丁语最差,数学呢,更是一团糟。

偏科尽管不好,但汉特还是"因祸得福",因为他并不是由于讨厌哪门课而不好好学,或者是放弃,他只是自然而然地学,各门功课都没有特别下工夫。这样一来,他反而清楚了自己究竟喜欢什么,适合什么,比如,他在中学时就知道自己不是搞数学、物理的材料,他曾开玩笑地说:"我几岁就成了拉丁文极差的生物学家。"

考上了剑桥大学生物化学系之后,汉特就一头扎进了自己所喜欢的专业中,学了个痛快淋漓。而此时,剑桥大学的不少学生还不知道自己适合干什么,能够干什么,因此还在犹豫和选择,而汉特却没怀疑过自己的志向。

汉特很明白,如果一个人不清楚自己适合做什么,别人往往不会给他指出来。即便一个学生的某一门课很差,人们出于好心,也总会鼓励他"加把劲儿,你也能行"。其实人确实是各有所长,有自己最喜欢的最适合的事,只有明白这一点,人才能最大限度地挖掘自己的潜力,才能干出一番成绩。

可是很多年轻人确实不清楚自己的所长所短,不知道自己究竟适合干什么。怎么办呢？汉特说,那你就去做各种各样的事,不要只是闷在教室里读书,通过广泛的活动来确定自己的爱好和特长。

话题又转回到一句老生常谈上:兴趣是最好的老师。

好行为训练营

人生最可怕的不是不知道怎么学,而是不知道自己要学什么。现在就是通过不断地行动和尝试,确定自己究竟想要学什么的时候,希望我们每一个人都行动起来,投入到广泛的活动中去,去寻找自己的兴趣、发现自己的特长! 只有明白了自己要学什么喜欢学什么,才可能学有所成!

文 刘娟鹏

一生凝练半句话 文 舒 心

这个一生都充满传奇色彩的世纪老人,在弥留之际,为自己写下了八个字的墓志铭:"将泪水和汗水化作……"

雪川是日本17世纪赫赫有名的高僧和画圣。他幼时家贫,为生活所迫进山当了和尚。由于酷爱画画,雪川常因专心致志学画而耽误了念经,而且屡教屡犯,一再触怒长老。

一天,烈日炎炎,是三伏天里最酷热的一天,就是坐着不动也淌汗。到了念经的时候,长老看到雪川还在如醉如痴旁若无人地学画,不禁勃然大怒,将其双手反绑着捆在了寺院的柱子上。雪川很伤心,不由得泪如雨下。那泪水和汗水,都滴在石板地上。突然,雪川产生了灵感——用大脚趾蘸着泪水和汗水在石板地上画了起来,转眼之间就画出了一只只活灵活现的小老鼠。

站在雪川身后一声不响的长老看了之后,不禁大惊,认定这孩子日后定能成大器,于是对其精心培养,关怀备至。后来,雪川果然成了赫赫有名的高僧和画圣。

雪川活到百岁,无疾而终。这个一生都充满传奇色彩的世纪老人,在弥留之际,为自己写下了八个字的墓志铭:"将泪水和汗水化作……"

这一代宗师留下的八个字,让他的众多弟子回味无穷。有的弟子认为:"这可能是师父没来得及写完的半句话,完整的这句话应该是'将泪水和汗水化作美好的图画'。"

有的弟子认为:"这可能是师父故意不写完的半句话,因为泪水和汗水不仅可以化作美好的图画,还可以化作许许多多美好的事物。"后来,弟子们达成共识:无论是没来得及写完的半句话,还是故意没写完的半句话,都无关紧要,重要的是雪川师父在教导我们:"要用泪水和汗水实现美好的一切。"

好行为训练营

雪川师父的半句话,其实还是告诉我们勤于学习的重要性!只有勤于学习,不怕流泪流汗,才可能实现美好的一切!人生发奋要趁早,莫待空白少年头。从现在开始,把勤奋贯彻到行动中,付出汗水和辛劳,去赢取属于我们的美好明天吧!

文 刘娟鹏

知识改变命运　文 王学安

要想不与机遇失之交臂,不仅要使自己的大脑储备丰富的知识,还要培养运用知识把握机遇的能力。

　　有这样一个故事:有位拾荒者在野地里捡到了一块石头,那石头怪怪的沉沉的,他不经意地把它扔进了袋子里,半路上以10元钱的价格把石头卖给了一个收货郎。那个收货郎一转手又以30元钱卖给了路边的废品回收站。结果,回收站的老板以300元的高价又卖给了一个小老头。最后,那个小老头以1000万的价格卖给了珠宝商。这件事很快就引起了轰动,最先经手的三个人都很懊丧。因为好端端地放着千万富翁没当成。他们想知道,到底是什么原因使他们与千万富翁擦肩而过,于是他们约来了小老头,大家一起探讨。拾荒者说,我没念过书,缺少知识;收货郎说,我虽念过两年书,可是书里没告诉我有这么贵重的大石头;回收站老板说,书我倒是念了不少,可是没想到这块石头是如此珍贵。最后问到小老头了:"你是怎么知道这石头是如此珍贵的呢?"小老头说:"光研究石头,花去了我半世人生啊!"众人说:"怪不得你这么有眼光,发财的原因是你比我们拥有更多的知识啊。"

　　生活中有些机遇往往可遇不可求,而区别在于:有的人虽然碰上了机遇,可是他不具备驾驭机遇的本领,因此任何机遇对他来说都只能擦肩而过。唯有那些练就了驾驭机会的本领的人,才会在机遇降临的瞬间把握住,从而改变人生,实现平生的夙愿。而要想不与机遇失之交臂,不仅要使自己的大脑储备丰富的知识,还要培养运用知识把握机遇的能力。唯其如此,才会产生改变命运的力量。

好行为训练营

机遇只垂青于有准备的人! 因为机遇只属于有充足的知识,能够把握和驾驭它的人! 有知识,丑陋的石头也能生出金子;没有知识,珍贵的宝石也会毫无价值。为了发现生活中的"珍宝",让我们从少年时开始,努力去读书,去撷取知识吧!

文 刘娟鹏

动物学家之死 文 陈明聪

犀牛鸟失望地摇头:"我本想告诉你,主人刚才并未真在摇头,而是在驱赶钻入耳朵里的苍蝇……唉,大科学家,尽信书不如无书,可怜啊……"

大草原,日上中天,一动物学家和一头犀牛不期而遇。动物学家一下慌了神儿,须知犀牛一嗅到可疑的气味,便会向散发气味的地方狂奔过来,横冲直撞……

但见眼前这头犀牛在不断摇头,动物学家紧皱的眉头一下又舒展开了。

牛背上的犀牛鸟焦急地提醒他:"科学家,我主人的脾气喜怒无常! 你最好在主人未动之前先动,赶快逃吧!"

但见动物学家扬了扬手中的一本书，气定神闲地说："放心吧，这不会有什么危险的。根据《犀牛习性科学研究指南大全》第12章第12节的分析，犀牛摇头无非有两大重要信号：其一，摇头说明它对另一方没有敌意，它不会主动进攻另一方；其二，摇头说明它可能见到了漂亮的异性，因发情而摇头。我是人，它不会连我也感兴趣吧？"

犀牛鸟刚要说什么，但动物学家立刻把食指竖到嘴前："安静！这正好让我和犀牛来一次近距离'亲密接触'！"

接着，动物学家便神情自若地和犀牛"对峙"起来，双方相持了一分钟，刚好一分钟。61秒后，犀牛突然猛冲过去，动物学家当场被顶倒在地，身上多处骨折。

动物学家倒在地上，吐着断牙，奄奄一息："怎么会这样，这书上明明说……"

犀牛鸟失望地摇头："我本想告诉你，主人刚才并未真在摇头，而是在驱赶钻入耳朵里的苍蝇……唉，大科学家，尽信书不如无书，可怜啊……"

好行为训练营

尽信书不如无书！书本教给我们的不全是真理，它需要我们自己在实践中去一一验证。我们应该做的是：多读书、多实践，学会从书中获取知识，学会用实践去检验真知！

文 刘娟鹏

天才之所以成为天才，是因为有一颗可贵的好奇心，世界是一本看不完的书，它可以是你创造辉煌的舞台，也可以是埋葬书呆子的坟墓。迷路并不可怕，可怕的是，你没有探路的心。

第4辑
让梦想点亮未来

　　一对夫妇决定为孩子养一只小狗。他们请人训练这只小狗,女驯狗师问:"小狗的目标是什么?"夫妻俩很意外,他们想不出狗还有什么目标。女驯狗师严肃地说:"每只小狗都得有一个目标。"夫妇俩商量之后,为小狗确立了一个目标:白天和孩子们玩,夜里看家。后来,小狗被成功地训练成了孩子的好朋友和家的守护神。

　　成功就是每天都向着自己的梦想和目标走下去,总有一天,成功会眷顾我们。

白天鹅是怎样变成的 文 戚锦泉

不要轻易放过每个梦想,不要害怕做梦,不要害怕嘲笑,正如不要害怕做丑小鸭,因为每只白天鹅都是丑小鸭变成的。

这个小孩很早就对学习失去了兴趣,而且越来越喜欢恶作剧,成绩总是令人失望。23岁那年他退了学,应聘到一家出版公司担任内勤。但很快,他就因不善处理上下级关系而被解雇了。

他在公司的唯一收获是心里产生了一个梦想:他想出版一本资料性的杂志。当他把这个想法告诉他的朋友时,却换来了满堂哄笑,每个人都觉得他一定是疯了,整天想着做异想天开的事。但他毫不气馁,依然在盘算着如何去实现它。

可是他太穷了,没有钱来实施他的计划。为了生活,他不得不年复一年到工厂打工,日子过得艰辛而无奈,不过办杂志的梦想始终在他的脑海里盘旋。

32岁那年,他在妻子的协助下,东挪西借弄来2000美元,在一间地下室里,开始创办这份他构思已久的杂志。

办公室是极其简陋的,设备也是最落后的,整间杂志社只有两个工作人员:他和他的妻子。为了省钱,他每天都去图书馆收集资料。他常常要阅读40～80份杂志,从中挑选30多篇文章,并逐篇把它浓缩,然后用打印机打出来再复印。他拼命工作,如一台永动机,没有一刻的停顿。为了取得销路,他还通宵达旦地写推荐信给每个读者。

这份杂志很奇怪,它同所有同时期的杂志都不同,因为它是浓缩的,最奇怪的还是:它没有虚构小说,没有图片,没有彩色,没有广告,里面全是一些资料性的东西。这样的杂志会受读者欢迎吗?业内所有专业人士全都摇头否定,他们都觉得这个人在做着玩火自焚的事。但他依然不为所动,始终坚持走下去。

令人深感意外的是:销量似乎不错,第一期竟卖了5000份。一年后,销量增至7000份;4年后,增至20000份;17年后,突破300万份。经过几十年的发展,这份杂志每月以十几种语言向全世界100多个国家出版发行,读者人数最多时曾高达一亿,员工也由最初的两人发展到4800人,成为一个真正影响深远的杂志王国。

它就是闻名天下的杂志——《读者文摘》,而它的创始人就是华莱士,一个曾经中途退学的差等生,一个贫困人家出身的普通人。没有人相信,成功的桂冠会落到他的头上,但华莱士硬是用他的自身经历向世界证明了:不要轻易放过每个梦想,不要因为它的"不切实际"而去拒绝它,不要害怕做梦,不要害怕嘲笑,正如不要害怕做丑小鸭,因为每只白天鹅都是丑小鸭变成的。

好行为训练营

华莱士的成功,再次告诉我们坚持梦想的重要性!在现实与未来之间,"梦想"是连接它们的桥梁,"坚持"是构筑这座桥梁的砖石。每个人都有属于自己的梦想,重要的是一步一步地付出努力去实现。让我们把梦想分解到日常行为的每一步中吧,坚持下去,梦想便会开出鲜花!

文 朱晓华

向梦想冲刺 文 付家滨

所有的不幸给了她平庸的理由。毕竟,她曾经遭遇过被抛弃、被虐待、被监禁,她完全有权利去怨恨、去愤怒,然而,玛利有她自己的选择。

　　玛利·芭特出生于20世纪30年代一个不幸的家庭,她的母亲终身未嫁,一生嗜酒如命,毫无能力来照顾她。她在5岁的时候就被送到了收容所。尽管后来被收养,但不得不接受苛刻的家庭管制,有时候甚至被虐待或关暗房。17岁的玛利患上了抑郁症,然而她却被医生误认为精神分裂症。更加不幸的是,她被关在精神病院达17年之久。这期间她已经彻底绝望。

　　有的时候,她不开口,不吃也不动,曾多次企图自杀。到了60年代初,医生重新检查她的情况,却发现她不是精神分裂症。天啊! 医院误诊了,而她却由于别人的失误被强行监禁了17年。实际上,正如核脑手术检查出来的那样,她得的是忧郁症和恐慌混乱症。后来,经过朋友们、精神专家们的帮助,辅以适当的治疗,她终于得以在1964年健康地走出了医院。

　　34岁的玛利发现自己面临一个严峻的问题:她要怎样生活? 当然,所有的不幸给了她平庸的理由。毕竟,她曾经遭遇过被抛弃、被虐待、被监禁,她完全有权利去怨恨、去愤怒,然而,玛利有她自己的选择。

　　为了同命运抗争,她勇敢地向梦想冲刺。在离开医院之后,她很快嫁给了她所爱的人。又相继在莎琳学院和哈佛大学获得了学士和硕士学位。她选择帮助那些心理上有残疾的人,四处演讲,出书。同样,她的事迹也被拍成了由马娄·汤马斯主演的电视剧。

1988年,58岁的玛利回到了曾经摧残她多年的精神病院,但这次她是以社区院长的身份,而不是病人。玛利说:"宽恕让我从一个悲惨的起点迈向光明的前途。"美联社有一篇文章报道她的升职,对此她的评价是:"如果我不学会宽容与释然,我将永远无法成长。"

好行为训练营

如果内心没有梦想,那17年的监禁足以摧毁一个人的身心。玛利之所以在遭遇那么多的惨痛经历后,仍能调节好身心,赢来一个让人羡慕的未来,完全在于有梦想引领她一步一步走出困境。让我们都在心底存下一个梦想吧,就如在春天的泥土里埋下一颗种子,自会在秋季收获一树丰硕!

文 郭孜求

每一个有爱的梦都会飞翔 文 侯拥华

那位美籍华人为什么要圆张海霞的贷款梦?后来终于明白,她不仅仅是因为感动,更重要的是,她想让人们相信这样一个事实——每一个有爱的梦想都会飞翔。

一个年仅13岁的女孩,通过报纸向全国全世界寻找好心人、爱心银行——她要贷款50万元,来救助一名同她没有任何血缘关系、身患白血病的大学生,为他做骨髓移植手术。

她的信很快被刊登在报纸的醒目位置上。她要贷款的事情震惊了许多人,一时间被炒得沸沸扬扬。

她也太自不量力了,自己还需要社会救助,却去贷款救助别人,就是有人贷给她50万,她有能力偿还吗?何况她还是一个13岁的孩子。

她的情况也被同时登在了报纸上——一个深居偏僻山村的贫穷家庭,父母在她幼年时就离婚了,她和父亲相依为命,可她不仅得不到父亲的呵护和照顾,反过来还得悉心照顾父亲——她的父亲是一个严重的类风湿病患者,完全丧失了劳动能力。她从6岁起,就开始用自己稚嫩的肩膀挑起整个家庭的重担,做家务,照顾父亲,下地干农活。

她异想天开的想法,有人敬佩,有人赞美,有人反对,有人怀疑——这到底是不是一个骗局?而更多的人认为,这只是一个动人的童话故事,一个孩子的天真梦想、童真玩笑而已。

当人们渐渐将这件事淡忘的时候,奇迹却出现了。一个远在美国的华人发电子邮件给最初刊发这条新闻的媒体,愿意贷款3万美元给女孩,不过,这笔钱没有偿还期限。

很快,这位华人就兑现了诺言,将钱如数汇入将为男青年做骨髓移植手术的医院银行账户上。男青年的骨髓移植手术如期完成,而且非常成功,生命得以延续。

故事中的女孩名叫张海霞,男青年叫祁健。张海霞被人们誉为"最可爱的贫困山区女童"。海霞之所以这样做,是要报恩——在男青年祁健自认生存无望的时候,他将最后的"救命钱"通过媒体资助给了需要帮助的小女孩张海霞。他决定每年资助她500元,直到她大学毕业。而当海霞知道了真相后,她决定以自己的实际行动来帮助救助过她的好心人。于是,她写了"贷款50万还100万"的"贷款梦想信",向社会求助。

我常常在想,那位美籍华人为什么要圆张海霞的贷款梦?后来终于明白,她不仅仅是因为感动,更重要的是,她想让人们相信这样一个事实——每一个有爱的梦都会飞翔。

好行为训练营

　　每一个有爱的梦想都会飞翔;每一份有梦想的爱都可以延续。海霞看似异想天开的梦想,能够得以实现,充分告诉我们,有爱便可以创造奇迹! 这个奇迹也让我们更加坚信,善良与关爱,是这个世界永恒的主题!

文　郭孜求

梦　想 文　黄　忠

　　有些东西,你从未想过能真正拥有它,但是当它离你如此之近而最终与你失之交臂时,你却会禁不住痛哭流涕。

　　蒂娜是路易斯安那州一名普通的体操运动员,聪明又乖巧,擅长平衡木,是教练很喜欢的一名选手。然而她最好的成绩,也仅是进入州际比赛的前十名而已。然而,对于这个成绩,她已经很满足。她的日子过得轻松而悠闲。

　　又是一年的路易斯安那州州际比赛。由于本次比赛承担着为奥运会挑选后备人才的重任,美国队主教练凯文·马茨卡也亲自来选才。州里的许多运动员得知了消息,都跃跃欲试。有那么一瞬间,蒂娜也有一丝的心动,但也只是一瞬间,这么美妙的事情,怎么会落到自己的头上呢？她摇摇头。

比赛开始了。蒂娜和教练坐在场下，一边做热身运动一边看台上的选手比赛。第一个选手出场了，也许是第一个登场，还没做好准备，在做翻腾的时候，她从平衡木上掉下来了。

下一个出场的是美国平衡木冠军纳斯蒂亚，蒂娜一直很崇拜她，尤其是她近乎完美的翻腾三周动作。在只有10厘米宽的平衡木上，跳跃、旋转、翻腾，她竟然一点小晃动都没有。蒂娜心里叫了声，这才是冠军呀。正在她想的这当儿，意想不到的事情发生了，在落地的时候，纳斯蒂亚竟然一屁股坐到了地上。

接下来出场的几位选手似乎是受到了这股失误风的影响，纷纷从平衡木上掉了下来，有位选手甚至一连掉了两次。

当蒂娜准备出场的时候，教练走过来拍拍蒂娜的肩膀。你的机会来了，她说。蒂娜点点头，她有些紧张，努力稳定情绪。

蒂娜出场了。她稳稳地跳跃、倒立、旋转，加上空翻，落地虽然走了一小步，但没有大的失误。

蒂娜进了比赛的前三名。她第一次站到了领奖台上。比赛结束后，马茨卡挑选了三名运动员，但并没有蒂娜。蒂娜失望地找到了马茨卡，马茨卡说，你还需要提高动作的难度，光凭稳是不能走上国际赛场的。

蒂娜点点头，但当马茨卡走后，她却禁不住泪如雨下。她的美国队之梦，刚刚开始，就已经结束了。有些东西，你从未想过能真正拥有它，但是当它离你如此之近而最终与你失之交臂时，你却会禁不住痛哭流涕。

好行为训练营

如果没有这次选拔，蒂娜的日子也许就这样平淡流逝，没有一点波澜。但是，相比有梦想的人生，这样平淡而没有波澜的生活实在太过苍白。正因为有了更高的梦想，尽管最终失之交臂，但这一段波澜起伏的人生,也将是蒂娜一辈子最甜蜜的回忆,犹如花朵,永远盛开在她人生的枝丫上!

文 朱晓华

每一只小狗都有一个目标 文 毕淑敏

他们牢牢地记住了这句话——做一只狗要有目标,更何况是做一个人。

有一对夫妇,有两个孩子,一个叫莎拉,一个叫克里斯蒂。当孩子还小的时候,父母决定为他们养一只小狗。小狗抱回来以后,他们就请朋友帮忙训练这只小狗。

在第一次训练前,女驯狗师问他们:"小狗的目标是什么?"夫妻俩面面相觑,很是意外,嘟囔着说:"一只小狗的目标?当然就是当一只狗了。"他们实在想不出狗还有什么另外的目标。女驯狗师极为严肃地摇了摇头说:"每只小狗都得有一个目标。"夫妇俩商量之后,为小狗确立了一个目标:白天和孩子们一起玩,夜里看家。后来,小狗被成功地训练成了孩子的好朋友和家的守护神。

这对夫妇就是美国的前副总统阿尔·戈尔和他的妻子迪帕。他们牢牢地记住了这句话——做一只狗要有目标,更何况是做一个人。

好行为训练营

每只狗都得有一个目标,每艘船都得有一面船帆,正如你我,都得有一个梦想。梦想有多高，你就能够飞多高；梦想有多远，你就能够走多远！所以，趁着年轻，赶快确定自己的梦想吧！有目标的人生，才可以开出绚丽的花朵！

文 朱晓华

漏斗和玉米　文 矫友田

这个漏斗代表你，假如你每天都能做好一件事，每天你就会有一粒种子的收获和快乐。可是，当你想把所有的事情都挤到一起来做，反而连一粒种子也收获不到了。

有一位画家，举办过十几次个人展，参加过上百次画展。无论参观者多少，有没有获奖，他的脸上总是挂着开心的微笑。

在一次朋友聚会上，我问他："你为什么每天都这么开心呢？"他微笑着反问我："我为什么要不开心呢？"而后，他给我讲了他儿时经历过的一件事情：

我小的时候，兴趣非常广泛，也很要强。画画、拉手风琴、游泳、打篮球，样样都学，还必须都得第一才行。这当然是不可能的。于是，我闷闷不乐，心灰意冷，学习成绩一落千丈，有一次我的期中考试成绩竟排到全班的最后几名。

父亲知道后，并没有责骂我。晚饭之后，父亲找来一个小漏斗和一捧玉米种子，放在桌子上。告诉我说："今晚，我想给你做一个实验。"父亲让我双手放在漏斗下面接着，然后捡起一粒种子投到漏斗里面,种子便顺着漏斗滑到了我的手里。父亲投了十几次,我的手中也就有了十几粒种子。然后,父亲一次抓起满满一把玉米粒放到漏斗里面,玉米粒相互挤着,竟一粒也没有掉下来。父亲意味深长地对我说:"这个漏斗代表你,假如你每天都能做好一件事,每天你就会有一粒种子的收获和快乐。可是,当你想把所有的事情都挤到一起来做,反而连一粒种子也收获不到了。"

20多年过去了,我一直铭记着父亲的教诲:"每天做好一件事,坦然微笑地面对生活。"

好行为训练营

这位父亲用一个简单的实验,告诉了我们一个深刻的道理:想一下做好所有的事情,结果往往什么事情都做不好! 这也同时告诉我们:想实现太多梦想的话,往往一个梦想也实现不了。实现梦想获取成功最聪明的办法,就是每天做好一件事,"不积跬步,无以至千里"讲述的也正是这个道理。

文 刘娟鹏

保持梦想的心 文 佚 名

梦想在生命中是非常重要的东西,因为只有梦想可以使我们温暖,只有梦想可以使我们感受到希望,只有梦想可以使我们保持充沛的想象力与创造力。

开启智慧的一个方法是保持梦想的心。

记得小学六年级的时候,我考试考了第一名,老师送我一本世界地图。我很高兴,跑回家就开始看这本世界地图。很不幸,那天轮到我为家人烧洗澡水。我就一边烧水,一边在灶边看地图,看到一张埃及地图,想到埃及的金字塔、埃及艳后、尼罗河、法老,还有很多神秘的东西,心想长大以后我一定要去埃及看看。

正看得入神,突然有一个只围了一条浴巾的人从浴室里冲出来,用很大的声音跟我说:"你在干什么?"我抬头一看,原来是爸爸,我说:"我在看地图!"爸爸很生气,说:"火都熄了,看什么地图!"我说:"我在看埃及的地图。"他就跑过来啪啪给了我两个耳光,然后说:"赶快生火!看什么埃及地图!"打完后,还踢了我一脚,把我踢到火炉旁边去,很严肃地对我说,"我给你保证,你这辈子不可能到那么遥远的地方去!赶快生火!"

我当时看着爸爸,呆住了,心想:"爸爸怎么给我这么奇怪的保证,真的吗,我这一生真的不可能去埃及吗?"

20年后,我第一次出国去的就是埃及。我的朋友都问我:"到埃及去干什么？"那时候还没开放观光,出国是很难的。我说:"因为我的生命不要被保证。"

那一天,我坐在金字塔前面的台阶上,买了张明信片写信给我爸爸。我写道:"亲爱的爸爸,我现在在埃及的金字塔前面给您写信,记得小时候,您打我两个耳光,踢我一脚,保证我不可能到这么远的地方来,而我现在就坐在这里给您写信。"写的时候感触非常深。我爸爸收到明信片时跟我妈妈说:"哦!这是哪一次打的,怎么那么有效? 一巴掌打到埃及去了。"

梦想在生命中是非常重要的东西,因为只有梦想可以使我们温暖,只有梦想可以使我们感受到希望,只有梦想可以使我们保持充沛的想象力与创造力。如果一个人没有梦想,这个人过了30岁,生命就开始可悲了。因为生命过了30岁就开始走下坡路。"保持梦想"就是一直到告别人世前的一刹那都保持着向前的姿势。

好行为训练营

开启智慧的方法就是保持一颗有梦想的心! 如果说"智慧"是人生的马达,那"梦想"就是它的润滑剂。有了梦想,我们才会付出行动去寻梦;有了梦想,我们才能在追寻的路上无畏也无惧。我们的人生便在这样的追寻中渐渐丰满!

文 刘娟鹏

有温度的梦想 文 马 德

梦想不可能等人一辈子,沸腾的人生从给梦想升温开始。

　　珍道尔老师离开学校去经商的那一年,向所有不愿让他离去的孩子们许下诺言,要帮每个孩子实现一个梦想。

　　同学们都觉得这是一个好玩的想法,各自写下愿望。有的想要一个漂亮的文具盒,有的想要一个能飘出飞烟的玩具房子,有的想要一副结实的网球拍,有的想要一把上好的小提琴……

　　11岁的埃文郑重地一口气写下一串梦想:25岁之前,游览坦桑尼亚的乞力马扎罗山,到澳大利亚看大碉堡,登上中国的长城;35岁之前,乘船穿越苏伊士运河,看埃及金字塔,到意大利看比萨斜塔;40岁之前,到日本看樱花,拍摄富士山雪景。

　　同学们都认为埃文的愿望不现实,难为了珍道尔老师。有同学劝埃文收回愿望,重新写一个切实可行的目标。对于腿有残疾的埃文来说,去这些地方,会有很大的困难。

　　一年以后,同学们陆续收到了珍道尔老师的礼物。唯独埃文什么也没有收到,哪怕是老师的一封安慰信。大家劝埃文不要伤心,那样一个庞大的旅行计划,对谁来说都很难实现。

　　十年以后,少年时的伙伴有的还在上学,有的早已走上社会。埃文也长成了一个大小伙子。他经营着一家杂货铺,生活并不宽裕。

一次，同学博杰来看他，带来珍道尔老师的一些消息。珍道尔老师的生意很不景气，面临破产。埃文没有向博杰提从前的梦想，或许他早把自己的梦想忘了。

一天，埃文正在整理杂货铺，一个人推门进来。埃文并没在意，问对方需要些什么。对方摘下眼镜，轻拍埃文的肩膀，说："你不认识我了吗？"埃文定睛一看，又惊又喜：是珍道尔老师。老师苍老了许多，不过精神还可以。老师说："如果你没有忘记从前的梦想，那么现在就开始实施我们的旅行计划吧。"考虑到老师经济窘迫，埃文推说自己现在不想去旅游，只想平平淡淡地在家过安闲的日子。

然而，珍道尔还是坚持领着自己的学生，去了乞力马扎罗山。随后，他们又到澳大利亚观看大碉堡，登上中国的长城，感受了大自然的雄奇和壮美。这次旅行给埃文的最大感受是：他可以像正常人一样，去游览名山大川，做自己喜欢做的事情。旅行回来，埃文在市中心租下一个更大的铺面，扩大经营，又在郊外买下几块地皮，等待合适的机会发展地产。不满于现状的他，为自己定下一个详细的发展计划。他要靠自己的努力，去完成人生所有的梦想。

埃文53岁时，已经是一个大财团的总裁。一天，他专程去拜访珍道尔老师。他问老师，为什么在那样艰难的情况下，还要努力帮助一个腿有残疾的孩子，完成一个或许并不可能实现的梦想。

珍道尔老师已经白发苍苍。他说："生意惨淡的那几年，因为一时无法从困境中摆脱出来，我无暇顾及你的梦想，当时也不觉得有什么不妥。几年后，我在出差的路上听到一个让我慨叹和震惊的故事，改变了想法。"

几个在野外滑雪的孩子迷了路。在恶劣的天气里，他们很快冻僵了。被人发现送到医院后，大多数孩子不治而亡，只有一个孩子奇迹般活下来。那个孩子说，他快冻僵的时候，心里一直有个念头支撑着。他不能死，因为他要为病中的妈妈实现一个梦想，并和妈妈一起分享梦想带来的快乐。这个梦想给了他温暖，也给了他生命一种激发和振奋，他最终坚持下来。

珍道尔老师说："那个故事让我感触很深。我第一次真实地触摸到梦想对人生产生的不同寻常的意义。不瞒你说，那一年我带着你旅游，是背着债去的。我不想因为生意的惨淡，让你放弃人生的梦想。"

埃文泪眼蒙眬。他说："谢谢您。只是，您完全可以等到手头宽裕的时候再帮助我。"

"不，孩子，"珍道尔老师说，"我必须及早让你知道，梦想不可能等人一辈子，沸腾的人生从给梦想升温开始。"实际上，在这次与老师的长谈之前，埃文已经体会到了梦想给他的人生带来的变化，不同的是，那一天，他从中触摸到了另一种东西，那就是爱的温暖。

好行为训练营

给梦想升温的过程就是重新激发生命活力和生活斗志的过程。只有享受过梦想实现后快乐的人，才会懂得梦想的价值并不仅仅在于完成了一个预定目标，更在于激发了人生无限的潜力和实现更多梦想的激情。

文 黄晶晶

要想到自己的翅膀 文 曾昭安

朋友，当你生活不如意、工作不顺利、处境困难时，你想到自己的翅膀了吗？

有一年冬天，俄国大文豪列夫·托尔斯泰的女婿去看望岳父，只见托尔斯泰全神贯注地望着窗外，便问岳父在看什么。托尔斯泰回答

说:"我在看大树枝上的乌鸦,现在这只乌鸦就是我的老师。"

托尔斯泰的女婿听了,感到不甚理解。托尔斯泰解释说:"因为它教会我如何生活。"

托尔斯泰顿了顿,接着说:"原因是这样的,今天早晨,我心情特别沉重,我为我们家庭的不和睦而难过。我觉得我生活中的一切都不理想,处境困难,连出路都没有了。于是,我来到这儿,开始思考:我该怎么办?可是,我一点儿好办法也没想出来。我望着窗外,突然看见了我的朋友——这只乌鸦。它飞到树枝上,又开始跳动起来。当它跳到枝头,面临危险时,便将翅膀一张,向上飞去。我头脑中马上闪现出一个念头:我不是也应该像乌鸦那样去做吗?当生活不如意、处境很困难时,也应该向上飞。于是,我作了尝试。我设想我在向上飞起,飞越所有使我苦恼、使我难过的事情。当我想到自己像只鸟儿一样展翅高飞时,我心里就觉得平静、舒服多了。"

"我劝所有的人都要想到自己的翅膀,要向上高飞。"托尔斯泰继续说,"有的小人物有时看来完全缺乏意志力,一事无成,可是一旦时机来到,他突然建树了伟大的功绩。这就是他的翅膀的作用,翅膀的力量。"

托尔斯泰的女婿听了岳父一番话,恍悟个中之理,深受启发和鼓舞。

朋友,当你生活不如意、工作不顺利、处境困难时,你想到自己的翅膀了吗?

好行为训练营

乌鸦遇到危险的时候,借助翅膀的力量向上飞翔,便可以摆脱逆境;我们遭遇烦恼的时候,借助梦想的力量同样可以跳出眼前的困境,可以重获快乐。梦想就是飞翔的双翅,当学习中碰到困难、生活中遇到坎坷的时候,赶快扇动翅膀,去追寻我们的梦想吧!

文　王　艳

有了梦想，我们才会付出行动去寻梦；有了梦想，我们才能在追寻的路上无畏也无惧。我们的人生便在这样的追寻中渐渐丰满！

第5辑

时光不会在原地等你

　　一位老者对年轻人说："我70岁那年，打算完成一个需要10年才能完成的研究计划，但我的一位年轻朋友看来，70岁的老人还能做些什么，如今，我的工作如期完成。""你那位年轻朋友怎样了呢？"年轻人问。"他承认过去的十几年对他来说是一片空白。"

　　时光一眨眼就过去了，她不会站在原地等你。滴答，滴答，在时钟单调的声音里，你感受到驱使自己的力量了吗？那么你是选择飞翔还是爬行呢？

时间是财富 文 薛 芸

在瑞士,婴儿一降生,医院就会立即打开计算机,通过户籍网络,在户籍卡中为孩子登记姓名、性别、出生时间及财富等内容。这时特别有趣的是,所有的瑞士人在为孩子填写拥有的财富时,写的都是"时间"两字。

奥莱夫的父母是瑞士西部姆兰省乡下最贫苦的佃农,他出生时家里最值钱的财产就是一支鸟枪和三只鹅。他那身着华丽衣衫的表叔抱着他的宝贝儿子帕尔丁讥笑他的父母说:"你儿子注定是看鹅的穷鬼。"奥莱夫的父母气愤地说:"我们的奥莱夫是富翁,只需支付20年的时间,他会雇用帕尔丁当马夫的。"奥莱夫从6岁起读路德的《训言集》,上中学后,他就懂得把时间精密分配,使每年、每月、每天和每时都有它特殊的任务。有一次,他在作文里写下:"谁盗窃奥莱夫的时间,谁就是在盗窃瑞士。"老师高兴地评价他:"将来一定是栋梁。"20岁的时候,奥莱夫尽管没有雇用帕尔丁为马夫,却有一项重大发明问世,成为瑞士出类拔萃的科学家。

看来,人生第一要紧的是把组成生命的时间,充分地支付到自己崇高的生活目标上去。因为我们的生命是热切的,愿望是强烈的,时间在敲打着离别之钟,只有踏着钟的每一步攀登,感觉是挽救太阳落山,那样,我们才会把沸腾的热血,蓬勃的生命,闪光的智慧,百折不挠的拼搏交付在夜幕降临之前。

好行为训练营

俗话说:"一寸光阴一寸金,寸金难买寸光阴。"时间一旦逝去,花再多的金钱也无法将它买回。所以对于我们每个人来说,最大的财富就是"时间"!那么,请好好珍惜你拥有的巨大财富吧,只有它,可以兑换到你无限美好的未来!

文　郭孜求

时　间 文 农　妇

只要有确定的目标,在任何时间,做任何事,都不会妨碍思考和研究,甚至有助于思考和研究。

每早睁开眼,就计划这一天该做些什么,到晚上躺在床上,好像什么也没有做。

记得幼年写作文,总爱写"光阴似箭,日月如梭",不知从哪里找来这些词句,似懂非懂地照抄。箭也好,梭也好,在小小心灵里,今天就是昨天,今夜就是昨夜,只是同一个白昼,同一个夜晚,走马灯似的,来了又去了,去了会再来的。直到鬓边有了白发,才蓦然惊觉,光阴果真似箭如梭,去了永不再来。

于是,问自己:过去几十年,我究竟做了些什么?这一生肯定要交

白卷了？

8月中，在美国一小镇，拜访一位84岁的老学者。在他那狭窄的厨房里，我向他倾诉内心的困扰。

他说："你应该抓紧现在和未来的日子。"

我说："是的，我在尽力。但是，我已浪费了几十年。"

他摇摇头："达尔文说他贪睡，把时间浪费了，却写了《物种的起源》；奥本海墨说他锄地拔草，把时间浪费了，后来却成为'原子弹之父'；海明威说他打猎、钓鱼，把时间浪费了，最终却获得了诺贝尔奖；居里夫人说她为孩子和家务忙，浪费了时间，然而她不但发现了镭，而且还把孩子教育成了科学家。"

我大喊："这些人都是天才！我只是个平凡人，愚蠢的平凡人！"

"你有权评定你自己是愚蠢的平凡人，我的意思是提醒你，只要有确定的目标，在任何时间，做任何事，都不会妨碍思考和研究，甚至有助于思考和研究，他们自以为浪费了时间，实际上并没有浪费。"

"但是，我年纪大了。"

"我70岁那年，拟完成一个需要10年才能完成的研究计划，当时，我向一位30多岁的年轻朋友谈到这计划，他笑了笑。我知道他为什么笑，在他看来，70岁的老人，时日已不多，还能做些什么，10年过去，我的工作如期完成，仍然在实验室忙着。"他挺了挺胸，笑了。

"你那位年轻朋友呢？"我问。

"不再年轻了，已经中年啦！""对他来说，这14年来，应该是黄金年龄，相信有很不错的记录。"

"没有，他也承认过去的14年是空白，真正的空白。"

"为什么？"

"依旧熙熙攘攘、推推挤挤地生活，14年，一眨眼就过去了。"

这一番话如当头一棒，我呆了。

他拉着我走进他的书房，说："来，让我们谈谈目标问题，烤鸡腿香味诱人，边吃边谈，并不浪费时间。"

好行为训练营

不要为已经逝去的昨天长吁短叹,叹息中只会流走更多的时间,重要的是,珍惜眼前的时光,把握好每一个今天和明天! 只要我们下定决心朝着目标努力,珍惜尚且握在我们手中的现在和将来,梦想就永远不会迟到!

文　郭孜求

三年中的全部星期天 文　杨　维

谁能够把所有的星期天都用于专注地做同一件事情呢? 如果你能,那我相信:你也绝不会是一个平庸的人。

100多年以前,有一道数学难题难倒了全世界的数学家,这道难题是:2的67次方减去1是质数还是和数? 这是一个数论的题目,虽然它的知名度远不如"哥德巴赫猜想",但是破解它的难度却一点儿也不逊于后者,所有对此有兴趣的从事数论研究的数学家在作出过种种尝试之后,全都无功而返。

出人意料的是,1903年10月,在美国纽约举行的世界数学年会上,有一个叫科尔的德国数学家成功地攻克了这个数学难题。他的论证方法很简单:把1、93、707、721和767、838、257、287两组数字竖式连乘两次,结果相同,由此证明2的67次方减去1是和数而不是人们怀疑的质数。他只借助于黑板和粉笔,就令人信服地证明了这个结论。

一道悬置多年的难题解开了,这在数学界引起了巨大的轰动,而且更令人惊奇的是,科尔并不是专门研究数论的数学家,研究数论只是他的业余爱好。有个记者采访时问他:"您论证这个题目花了多少时间?"他回答说:"三年内的全部星期天。"

无独有偶,100多年以后的今天,在中国北京,有一位知名作家接受了文学青年的提问,这是一位一直在基层从事政工工作的普通干部,他在国家许多知名刊物上发表了5000多篇颇有影响力的作品。青年问他:"你写了这么多作品,花了多少时间?"他回答说:"20多年来的全部星期天。"

是啊,谁能够把所有的星期天都用于专注地做同一件事情呢?如果你能,那我相信:你也绝不会是一个平庸的人。

好行为训练营

有一句名言说,时间就像海绵里的水,挤一挤总是有的。是啊,只要懂得利用时间,业余数学家也可以攻克世界性难题;只要懂得珍惜时间,普通人也可以写出有影响力的作品。珍惜时光是一种好行为,它会引导你创造出奇迹!

文 朱晓华

巴尔扎克的时间表 文 刘江田

当一个人感受到生活中有一种力量驱使他翱翔时，他是绝不会爬行的。滴答，滴答，在时钟冷漠单调的声音里，你感受到一种驱使自己的力量了吗？那么你是飞翔还是爬行呢？

"燕子去了，有再来的时候；桃花谢了，有再开的时候。聪明的，请你告诉我，我们的日子为什么一去不复返了呢？"

读过朱自清的散文《匆匆》的人，大都有一种怅然若失的感觉。是啊，岁月的脚步是那么匆忙，毫不顾惜你的感慨和嗟叹。正因如此，那些有进取心、有紧迫感的人们，总是把时间抓得死死的，一时一刻也不敢懈怠。让我们来看一看法国作家巴尔扎克的时间表吧：

8：00—17：00，除早午餐外，校对修改作品清样。

17：00—20：00，晚餐之后外出办理出版事务，或走访一位朋友，或进古玩店过把瘾——寻求一件珍贵的摆设或一幅古画。

20：00，就寝。

0：00—8：00，写作，夜半准时起床，一直写到天亮。

这位每天只睡4个小时、身高不足1.6米的文学巨匠，摒弃了巴黎的繁华和喧嚣，一个人静夜独坐，手握鹅毛笔管，蘸着心血和灵感，写了96部小说，演绎了一部《人间喜剧》。热爱生活、勤奋惜时的巴尔扎克只活到51岁，他的作品却使他流芳百世。

当一个人感受到生活中有一种力量驱使他翱翔时，他是绝不会爬行的。滴答,滴答,在时钟冷漠单调的声音里,你感受到一种驱使自己的力量了吗? 那么你是飞翔还是爬行呢?

好行为训练营

衡量一个人生命的价值,不在于长度,而在于厚度! 我们每个人的一生,都是非常有限的,如何利用有限的时间,创造最大的价值,这才是我们应该考虑的问题。珍惜时间吧,不要让时间浪费在无谓的游戏中,从现在开始,比比我们谁的生活更充实!

文 郭孜求

沙 漏 文 董朝阳

沙漏原来不在于你买不买它,而在于你自己是否是一个懂得珍惜时间的人!

朋友买了一个沙漏,很精致。我说沙漏放在客厅的工艺架上肯定很有格调。

朋友说:我可不是把它当做工艺品买来的,而是为了给自己一点压力。

他解释说:自己参加了自学考试,可是根本没时间看书,他准备把这个沙漏放在书桌上,用它来衡量时间。看着沙子慢慢地流,你就会想着时间是一去不复返的,你就会珍惜时间,就会关了电脑游戏,回绝朋友无关紧要的聚会,等等。

我说这个主意真好,我也想买一个,在哪儿买的?

他说在小商品市场最靠边的一个摊位,他是跑遍了整个市场才找到的。

我问哪个小商品市场,他说是车站那边的小商品市场。

朋友和我站在街上讨论那个沙漏,最后提议:我们到前面的那个冷饮店坐一会儿。

到了冷饮店,朋友取出了笔,撕了一张报纸,在报纸上给我画了草图,标出了那个摊位的方向。然后我们开始享用一大杯冷饮。外面的阳光很猛,里面的空调很足,所以我们都不约而同地多坐了一会儿。

除了沙漏,我们还在冷饮店谈了各自的工作、儿子和房价又涨了之类的话。

然后告别。出门的时候,朋友看了看表。大呼一声:都5点了,坏了,今天轮到我接儿子。

他拦了一辆的士,一阵风似的走了。

我一下子醒悟过来,就站在那里,觉得不可思议,我们热烈地谈沙漏、谈时间的宝贵,可两人却在冷饮店里坐了一个多小时,谈了那么多的废话。

沙漏原来不在于你买不买它,而在于你自己是否是一个懂得珍惜时间的人!

好行为训练营

对待时间的态度,不在于我们是买沙漏还是买闹钟,完全在于我们的内心。如果心里有珍惜时间的观念,每一刻我们都会提醒自己光阴在流逝;如果没有珍惜时间的观念,沙漏和闹钟只会增加浪费时间的机会! 从现在开始,把珍惜时间的观念贯彻到我们的行动中吧!

文 刘娟鹏

虚度的时光 文 (意大利)迪·布扎蒂

您曾盼望美好的时光,但美好时光到来后,您又干了些什么呢? 您过来瞧瞧,它们个个完美无缺,根本没有用过。

埃斯特·卡西拉买了一幢豪华的别墅。此后,他每天下班回来,总看见有个人从他花园里扛走一只箱子,装上卡车拉走。

他还来不及叫喊,那人就走了。这一天他决定开车去追。那辆卡车走得很慢,最后停在城郊的峡谷旁。

卡西拉下车后,发现陌生人把箱子卸下来扔进了山谷。山谷里已经堆满了箱子,规格式样都差不多。

他走过去问:"刚才我看见您从我家扛走一只箱子,箱子里装的是什么? 这一堆箱子又是干什么用的?"

那人打量了他一眼,微微一笑说:"您家还有许多箱子要运走,您不知道? 这些箱子都是您虚度的日子。"

"什么日子?"

"您虚度的日子。"

"我虚度的日子?"

"对。您白白浪费掉的时光,虚度的年华。您曾盼望美好的时光,但美好时光到来后,您又干了些什么呢? 您过来瞧瞧,它们个个完美无缺,根本没有用过。不过现在……"

卡西拉走过来,顺手打开了一个箱子。

箱子里有一条暮秋时节的道路。他的未婚妻格拉兹正在那里慢慢地走着。

他打开第二个箱子，里面是一间病房。他的弟弟约苏躺在病床上，等他归去。

他打开第三只箱子，原来是他那所老房子。他那条忠实的狗杜克卧在栅栏门口等他。它等了他两年了，已经骨瘦如柴了。

卡西拉感到心口被什么东西夹了一下，绞痛起来。陌生人像审判官一样，一动不动地站在一旁。

卡西拉说："先生，请您让我取回这三只箱子吧，我求求您。起码还给我三天吧。我有钱，您要多少都行。"

陌生人做了个根本不可能的手势，意思是说，太迟了，已无法挽回。说罢，那人和箱子一起消失了。

夜幕悄悄降临，把大地笼罩在黑暗之中。

好行为训练营

我们常常一边念叨着"时光一去不复返"，一边任由光阴从我们身边白白流过。那些如金子般的时光，被我们随意丢弃在游戏室、网吧，甚至是放学路上的小摊点旁……要是老年时，我们也能像卡西拉一样看得到自己虚度的时光，那我们内心的悔恨，一定不会比他少！既然如此，为何不从现在开始，用切实的行动去节约属于我们的每一分钟呢？

文　刘娟鹏

时间纽扣 文 佚 名

他的焦躁已经烟消云散了,心平气和地看着蔚蓝的天空,鸟鸣声是如此悦耳,草丛里的甲虫是那么可爱。原来,人生不能跳跃着前行,耐心等待才能让生命的历程充满乐趣。

从前,有位年轻人和他的情人相约在一棵大树下见面。他性子急,很早就来了。虽然春光明媚,山花烂漫,但他急躁不安,无心观赏,坐在大树下长吁短叹。

忽然他面前出现了一个小精灵。"你等得不耐烦了吧!"精灵说,"把这个纽扣缝在衣服上吧。要是遇上不想等待的时候,向右旋转一下纽扣,你想跳过多长时间都行。"

小伙子高兴得不得了,握着纽扣,轻轻地转了一下。啊!真是奇妙!情人出现在他的眼前,正脉脉含情地望着他呢!要是现在就举行婚礼该有多棒呀!他心里暗暗地想着。他又转了一下,隆重的婚礼、丰盛的酒席出现在他的面前,美若天仙的新娘依偎着他,乐队奏响欢乐的音乐,他深深地陶醉其中。他看着美丽的新娘,又想,如果现在只有我们俩该多好!不知不觉中纽扣又转动了一点,立刻夜深人静……

他心中的愿望层出不穷,我还要一所大房子,前面是我自己的花园和果园。他转动着纽扣,我还要一大群可爱的孩子。顿时,一群活泼健康的孩子在宽敞的客厅里愉快地玩耍。他又迫不及待地将纽扣向右转了一大半。

时光如梭,还没有看到花园里开放的鲜花和果园里累累的果实,一切就被茫茫的大雪覆盖了。再看看自己,须发皆白,早已经老态龙钟了。

他懊悔不已:我情愿一步步走完人生,也不要这样匆匆而过,还是让我耐心等待吧。扣子猛地向左转动了,他又在那棵大树下等着可爱的情人。他的焦躁已经烟消云散了,心平气和地看着蔚蓝的天空,鸟鸣声是如此悦耳,草丛里的甲虫是那么可爱。原来,人生不能跳跃着前行,耐心等待才能让生命的历程充满乐趣。

好行为训练营

你是否也有这样的时刻? 遇到学习中的难题时,渴望嬉戏的时刻到来;在学校上课时,盼望周末快点来临……其实,不管怎样,时光还是那样一分一秒地流逝,不会因为你快乐而停下一分,更不会因为你悲伤而加快一秒。所以,我们应该做的是:好好珍惜和利用时光,这才是一种好的行为!

🅥 朱晓华

没有时间寂寞 文 薛　峰

没有时间寂寞,是因为在全身心地投入工作,没有百无聊赖的空虚,没有无所事事的闲散,没有度日如年的煎熬。

我曾看见过母亲独自一人在田地里忙碌的情景,四周是一望无垠

的庄稼,天空是蓝的,田野是空旷的,母亲蹲在那里拔草,瘦小的身影显得格外单薄而寂寞。

每次看到这样的镜头,我都感到很心酸。冷清的家中她一个人是如何过的呢?村里人家一般都是儿孙满堂的,而我与父亲、哥哥都在外奔波,母亲一个人守在家,一个人吃饭,一个人睡觉,一个人干活,一个人默默地生活……闭上眼睛想起那风中的身影,泪水总忍不住流出。

"别人的地里总有几个人说说笑笑地干活,而咱家就你一个人,寂寞吗?"有一次我问母亲。

"你看这满地都是草,只想赶快把草拔掉,哪还有时间寂寞?"没上过学的母亲说出这样一句话。

可我却震惊了,"没有时间寂寞",多么朴实而贴切的话!

地里确实长满了草,在这样的季节如果不及时拔掉,经过一场雨,雨水会使草长得更加茂盛,肯定会影响庄稼的生长。所以,赶快拔草是关键。而田地里的活都在等着母亲去做,她哪里还有心思和时间寂寞?

是啊,一大堆工作等着要做,是没有时间寂寞的。这是一种生活态度,也是一种人生境界。没有时间寂寞,是因为在全身心地投入工作,没有百无聊赖的空虚,没有无所事事的闲散,没有度日如年的煎熬。

所以,后来再有朋友向我抱怨寂寞时,我总告诉他:"尽快找份事做吧,明确了工作目标,然后积极地去实现,一心一意地忙碌,你就没有时间寂寞了。"我也一直以此自勉,总在企图偷懒、消极的时候,想起母亲的话,我便会振作起来,然后精神抖擞地投入到工作中去,把人生过得充实、丰裕而美丽!

好行为训练营

一句简单的话,揭示的却是最朴实的道理:当日子过得充实时,我们没有时间去烦恼；当工作填满余暇时，我们没有时间去寂寞。那些时常感叹寂寞并为此长吁短叹的人，都是没有好好利用时间的人。让我们都合理地利用时间吧，快乐与充实总是结伴而来！

文 刘娟鹏

童年不会等待 文 （新西兰）亚瑟·戈登 陈 明/编译

"我知道，"他回答说，"但是童年是不会再来的。"许多年过去了，我仍然记得那一刻。

在我13岁、我弟弟10岁时，有个周末，爸爸答应带我们去看杂技团的表演，但是，中午吃饭时，来了一个电话，是找爸爸的，说是有紧急事情，要他马上去城里解决。虽然我们很扫兴，但还是不得不做好放弃看杂技的准备。

然而，我们却听见老爸对着话筒说："不，不行，我脱不开身，得等等，到周一再说吧！"

他回到餐桌旁，妈妈微笑着对他说："其实杂技团还会再来巡演的。"

"我知道，"他回答说，"但是童年是不会再来的。"

许多年过去了，我仍然记得那一刻。而且，我从那一刻的温馨里感受到亲人的爱，是一种从不会被忽略、浪费或丢失的爱，因为，将来能和你一道上天堂的，只有你的家人。

对于这样一位好父亲,谁说他培养的孩子不是最优秀的? 他对承诺的重视,对时间易逝的深刻认知,都提示我们要好好把握生命的每一个时刻! 童年过去了,不会再复返;小学阶段过去了,也永不再回来;你的8岁、9岁、10岁……一经走过都不会再回头,请珍惜时光吧,因为时光不会在原地等你。

文 刘娟鹏

第6辑 不要吝惜你的微笑

　　一个青年流浪到巴黎，期望父亲的朋友能帮自己找一份工作。然而，他觉得自己一无所长。父亲的朋友很热心："那你先把住址写给我吧。"青年羞愧地写下了自己的住址，父亲的朋友看了之后说："你的名字写得很漂亮嘛。"一句称赞，使这位受到鼓励的青年，一点点地放大着自己的优点。数年后，他写出了享誉世界的经典作品，他就是家喻户晓的法国著名作家大仲马。

　　有时候，一句称赞，一个微笑，往往会起到意想不到的作用。欣赏他人，关照他人，其实就是在欣赏自己，关照自己。

儿子作弊 文 唐新勇

> 儿子边哭边慢慢撩起左腿的裤子,只见上面写着:明明是最勇敢、最棒的孩子! 明明,相信小姨的话,这次考试你一定能考到前几名……

儿子读小学二年级时,成绩在班里倒数第一,还是学校出了名的捣蛋大王。我和妻子急得没办法。

不久,刚好儿子的小姨大学毕业后在广州找工作,住在我家,就顺便给儿子补课。

不知小姨用的什么办法,调皮捣蛋的儿子一下子很听她的话。每天早上很早就起床上学;放学后又在小姨的指导下温习功课,有时还温习到很晚。

转眼到了期末考试。这天晚上,儿子紧张地对他小姨说:"我有点怕,怕考不好。"

小姨说:"那你考试时就一直想象我在你身边……"

考试那天,儿子很快就把前面的题目做完了,最后一道附加应用题却把他难住了。他低着头东张西望,不时用手摸摸左腿。

时间一点一点过去。同学逐渐减少,儿子越来越紧张。监考老师的双眼一直盯着儿子。突然,老师看见儿子偷偷地往左腿看,一个箭步冲上去,抓过儿子的试卷叫道:"你作弊!"儿子惊呆了,拉住老师的衣襟:"老师,我没作弊。"

这时校长刚好巡逻到这里,把监考老师同儿子叫到办公室。"我没作弊,校长你要相信我。"儿子说。

其余的老师都围过来,门外、窗户边都站满了好奇的同学。他们议论纷纷:"这不是那个调皮又捣蛋的明明吗?"

"肯定是把答案写在腿上了,撩起裤腿看看就知道了。"

儿子死死地抱着左腿,哭着大声说:"校长,老师,我真的没作弊呀!"

儿子边哭边慢慢撩起左腿的裤子,只见上面写着:明明是最勇敢、最棒的孩子! 明明,相信小姨的话,这次考试你一定能考到前几名……

所有的老师都惊呆了,不久成绩公布,儿子真的考了全班第二名。

好行为训练营

不要吝啬你的赞美,哪怕是对最调皮的伙伴;不要拒绝你的友善,哪怕是对最顽劣的同学! 有时候,一句温暖的话语,足可以温暖人的一生;一个善意的行为,足可以改变一个人的一生! 所以,让我们微笑着面对生活吧,善意地对待周围的一切,你就会发现,世界原来如此美好!

文 王 艳

改变人生的一句话 文 孙海玉

来自继母的这股力量,激发了他的想象力,激励了他的创造力,帮助他和无穷智慧发生联系,使他成为20世纪最有影响力的人物之一。

卡耐基小时候是个大家公认的非常淘气的坏男孩。

在他9岁的时候,他父亲把继母娶进家门。当时他们是居住在维吉尼州乡下的贫苦人家,而继母则来自较好的家庭。

他父亲一边向她介绍卡耐基,一边说:"亲爱的,希望你注意这个全郡最坏的男孩,他可让我头疼死了,说不定会在明天早晨以前就拿石头扔向你,或者做出别的什么坏事,总之让你防不胜防。"

出乎卡耐基意料的是,继母微笑着走到他面前,托起他的头看着他。接着又看着丈夫说:"你错了,他不是全郡最坏的男孩,而是最聪明,但还没有找到发泄热忱的地方的男孩。"

继母说得卡耐基心里热乎乎的,眼泪几乎滚落下来。就是凭着她这一句话,他和继母开始建立友谊。也就是这一句话,成为激励他的一种动力,使他日后创造了成功的28项黄金法则,帮助千千万万的普通人走上成功和致富的光明大道。因为在她来之前没有一个人称赞过他聪明。他的父亲和邻居认定他就是坏男孩,但是继母只说了一句话,便改变了他的命运。

卡耐基14岁时,继母给他买了一部二手打字机,并且对他说,她相信他会成为一名作家。他接受了她的想法,并开始向当地的一家报纸投稿。他了解继母的热忱,也很欣赏她的那股热忱,他亲眼看到她用她的热忱如何改善他们的家庭。

来自继母的这股力量,激发了他的想象力,激励了他的创造力,帮助他和无穷智慧发生联系,使他成为20世纪最有影响力的人物之一。

好行为训练营

卡耐基的继母真是一位伟大的母亲,因为她懂得赞美是最好的指路灯!如果说9岁以前,卡耐基走的是一条充满泥泞的小路,那么9岁以后,是继母的一句话引领他跨入了一条通向成功的大道。我们都要学会用平和亲切的目光看待身边的同学、伙伴,用赞美和鼓励为他们的人生加油助威,你会发现,周围的这些人原来每一个都是那么棒!

文 王 艳

最贵重的礼物 　文 苏 童

这名警察收下了他平生收下的唯一礼物。囚犯给他的信封里面装的是一张字条,字条上的字很漂亮:队长,您别退休了,我们这样的人需要您这样的人来改造啊……

一个囚犯在一次意外中受了重伤,躺在医院的急救室里等待输血,去取血的救护车却迟迟未归,囚犯奄奄一息。这时,一个年轻的警察对医生说:"我跟他血型相同,快抽我的血给他吧,救人要紧。"囚犯的血管里流进了监狱警察的鲜血,奇迹般地活了下来。

在狱中,囚犯搞了一个科研项目,获得了巨大的成功,被减了刑。囚犯及囚犯的家属都十分感激那名救了他一命的警察——管教分队长。在他结婚前夕,囚犯家属拿出两枚金灿灿的戒指说:"这件礼物,是祝贺你结婚的,是我们的一点心意! 请你无论如何要收下……"警察没有收下那两枚戒指。

其后的许多年里,这名警察拒绝了不计其数的比金戒指还贵重的礼物。几十年后,他退休那天,一名囚犯把一个洁白的信封交给他,哽咽着说:"队长,我知道您的脾气,您从来不收他人的礼物,但这个礼物,您一定要收下……"

这名警察收下了他平生收下的唯一礼物。囚犯给他的信封里面装的是一张字条,字条上的字很漂亮:队长,您别退休了,我们这样的人需要您这样的人来改造啊……

这名老警察,是我的一个老同学,他日子过得很清贫,但我觉得他是世界上最富有的人。因为他被需要,有机会为别人服务;他活得有价值,千金难买、万金难抵。

好行为训练营

什么礼物最为贵重? 不是黄金,不是珠宝,是人的情谊;什么样的人最富有? 不是财主、不是老板,是活得尊严而有价值! 老警察用他一生的行为实践着这一真理,尽管清贫,却拥有我们旁人都无法比拟的富足精神,你不觉得他是世界上最富有的人吗?

文 朱晓华

一句话、一个微笑的作用 文 佚 名

米勒先生虽然没有过多的表情变化,但仍禁不住还了一句问候:"早安。"声音低得只有他们两人才能听到。最后的结果是:传教士被指向了右边——生还者。

一位犹太传教士每天早晨,总是按时到一条乡间土路上散步。无论见到任何人,总是热情地打一声招呼:"早安。"

有一个叫米勒的年轻农民,对传教士这声问候,起初反应冷漠,因为在当时,当地的居民对传教士和犹太人的态度是很不友好的。然而,年轻人的冷漠,却未曾改变传教士的热情,每天早上,他仍然给这个一脸冷漠的年轻人道一声早安。终于有一天,这个年轻人脱下帽子,也向传教士道一声:"早安。"

好几年过去了,纳粹党上台执政。

这一天,传教士与村中所有的人被纳粹党集中起来送往集中营。在下了火车列队前行的时候,有一个手拿指挥棒的指挥官,在前面挥动着棒子,叫道:"左,右。"被指向左边的是死路一条,被指向右边的则还有生还的机会。

传教士的名字被这位指挥官点到了,他浑身颤抖,走上前去。当他无望地抬起头来,眼睛一下子和指挥官的眼睛相遇了。

传教士习惯地脱口而出:"早安,米勒先生。"

米勒先生虽然没有过多的表情变化,但仍禁不住还了一句问候："早安。"声音低得只有他们两人才能听到。最后的结果是:传教士被指向了右边——生还者。

好行为训练营

一声"早安"挽救了传教士的性命!但这并不是一个偶然,是传教士长年坚持问候"早安"的行为,创造了这样一个好结果!让我们都善意地对待周边的每一个人吧,你用爱和善意去面对社会,社会定会回报给你更大的爱和关怀。

文 王 艳

29 分 钱 文 蒋光宇

只要愿意的话,我们每个人,即使是一个卑微的乞丐,也可以对他人献出爱心,对他人有所帮助。

那是一天傍晚,德兰修女独自一人行色匆匆地走在加尔各答贫民区脏乱的街道上。

在加尔各答贫民区,几乎所有人都认识德兰修女。因为,专门救助穷人的仁爱传教修女会就是她创建的,她赢得了全世界人民的爱戴,并获得了1979年诺贝尔和平奖。其实不只是穷人崇拜她,世界各国许多富人,也都心甘情愿地给她创建的仁爱传教修女会捐钱。

突然,一个瘦骨嶙峋、蓬头垢面的乞丐不好意思地拦住了德兰修女,然后吞吞吐吐地说:"每个人都很敬重您的事业,都愿意为您做出奉献。我虽然没有能力，但也想奉献给您29分钱，以表我的心意。整整一天，我只讨到这29分钱。如果您不嫌弃，就请您都收下！"

客观地说，尽管德兰修女的全部个人财产，只有一张耶稣受难像、一双凉鞋和三件旧衣服，但仁爱传教修女会却有4亿多美元的资产。这29分钱对于修女会的资产来说，确实微乎其微。

德兰修女感到进退两难："如果我收下这29分钱，他今晚就一定会饿肚子；如果我不收，又一定会伤他的心。"

于是，德兰修女把随身携带的还没来得及吃的晚饭，即一块面包和一瓶水送给了他，同时伸出双手，恭恭敬敬地收下了那29分钱。

当德兰修女收下29分钱时，她惊喜地看到，拘谨的乞丐竟然笑了，而且笑得那么开心，那么满足，那么灿烂。

德兰修女想："这个穷苦的乞丐，在炽热的太阳底下，在40摄氏度的高温下，乞讨了整整一天，才讨到29分钱，却全数奉献出来。29分钱虽然微不足道，但其中饱含着无价的爱心。"

后来，德兰修女在多次演讲中说："穷人没有钱，没有地位，但不缺少互相帮助和体谅的爱心。这正是穷人的伟大之所在。只要愿意的话，我们每个人，即使是一个卑微的乞丐，也可以对他人献出爱心，对他人有所帮助。"

好行为训练营

这个乞丐足以感动我们每一个人。他自己以乞讨为生，尽管那么贫困那么卑微，仍记得关爱他人，竭尽所能地帮助别人。他的行为告诉我们：品质，跟金钱无关；爱心，与贫富无关。一个人行为的好与坏，跟外界的环境无关，它只取决于我们内心的修养！

文 郭孜求

改变人一生的温暖 文 李阳波

星星之火，可以燎原，而且星星之火，也可以照亮整个生命。

也许你只付出一点点微不足道的爱，就可以改变一个人的一生。星星之火，可以燎原，而且星星之火，也可以照亮整个生命。也许就是一个不起眼的瞬间，奇迹就会发生。

那是一位老师告诉我的故事，让我明白：在人世间，其实不应该放过每一个能够帮助别人的机会，也许你早已忘记，但这种火光，却可以温暖一个个冷漠的心灵。

多年前的一天，这位老师正在家里睡午觉，突然电话铃响了，她接过一听，里面传来一个陌生而粗暴的声音："你家的小孩偷书，现在被我们抓住了，你快来啊！"

她回头望了一眼正在看电视的唯一的女儿，心中立即就明白过来，肯定是有一个小孩因为偷书被售货员抓住了，而又不肯让家里人知道，所以，胡扯了一个电话号码，才碰巧打到这里。犹豫了片刻之后，她问清了书店的地址，匆匆忙忙地赶了过去。

正如她预料的那样，在书店里站着一位满脸泪痕的小女孩，而旁边的大人们，正恶狠狠地大声斥责着。她一下子冲上去，将那个可怜的小女孩搂在怀里，转身对旁边的售货员说："有什么事就跟我说吧，我是她妈妈，不要吓着孩子。"

在售货员不情愿的嘀咕声中，她交清了28元的罚款，将小女孩领到家中，好好清洗了一下，什么都没有问，就让小女孩离开了。临走时，她还特意叮嘱道：如果你要看书，就到阿姨这里来，家里面有好多书呢。

惊魂未定的小女孩深深地看了她一眼，便飞快地跑掉了，从此再也没有出现。

多年以后，一天中午，门外响起了一阵敲门声。当她打开房门后，看到了一位年轻漂亮的陌生女孩，露着满脸的笑容，手里还拎着一大堆礼物。

"你找谁？"她疑惑地问着，但女孩却激动地说出一大堆话。原来她就是当年的那个小女孩，现在已经大学毕业，特意来看望她。

女孩眼睛泛着泪光，轻声说道："虽然我至今都不明白，你为什么愿意充当我妈妈，解脱了我。但这么多年来，我一直好想喊你一声妈妈。"

老师的眼睛也开始模糊起来，她有些好奇地问道："如果我不帮你，会有怎样的结果呢？"女孩的脸立即变得阴沉起来，轻轻摇着头说："我说不清楚，也许会去做傻事，甚至去死。"

老师的心中猛地一颤。望着女孩脸上幸福的笑容，她也笑了。

好行为训练营

有时候，一个善意的行为，甚至可以挽救一条鲜活的生命；一句温暖的话语，可以改变一道人生的轨迹。你的关怀，或许可以让一个苦恼的朋友得到解脱；你的善意，或许可以给一个无助的陌生人无限生机。随时准备伸出双手去帮助别人吧，你伸手助人的姿态，自会定格成最美的风景！

文　郭孜求

美丽的手机号码 文 一 夫

妞妞已经走了,您当时一定是在电话里吻了她,因为她是微笑着走的,临走时小手里还紧紧攥着那个能听到"爸爸"声音的手机……

一天,正走在路上,手机响了,话筒里是个稚嫩的小女孩的声音:"爸爸,你快回来吧,我好想你啊!"凭直觉,我知道又是个打错的电话,因为我没有女儿,只有个6岁的独生子。这年头发生此类事情也实在是不足为奇。我没好气地说了声:"打错了!"便挂断了电话。接下来几天里,这个电话竟时不时地打过来,搅得我心烦,有时态度粗暴地回绝,有时干脆不接。

那天,这个电话又一次次打来,与往常不同的是,在我始终未接的情况下,那边一直在坚持不懈地拨打着。我终于捺住性子开始接听,还是那个女孩有气无力的声音:"爸爸,你快回来吧,我好想你啊!妈妈说这个电话没打错,是你的手机号码,爸爸我好疼啊!妈妈说你工作忙,天天都是她一个人在照顾我,都累坏了,爸爸我知道你很辛苦,如果来不了,你就在电话里再吻妞妞一次好吗?"孩子天真的要求不容我拒绝,我对着话筒响响地吻了几下,就听到孩子那边断断续续的声音:"谢谢……爸爸,我好……高兴,好……幸福……"

就在我逐渐对这个打错的电话发生兴趣时,来电话的不是女孩而是一个低沉的女声:"对不起,先生,这段日子一定给您添了不少麻烦,实在对不起!我本想处理完事情就给您打电话道歉的。这孩子的命很苦,生下来就得了骨癌,她爸爸不久前又被一场车祸夺去了生命,我实在不敢把这个消息告诉她,每天的化疗,时时的疼痛,已经把孩子折磨得够可怜的了。当疼痛最让她难以忍受的时候,她嘴里总是呼喊着以前经常鼓励她要坚强的爸爸,我实在不忍心看孩子这样,那天就随便编了个手机号码……"

"那孩子现在怎么样了？"我迫不及待地追问。

"妞妞已经走了,您当时一定是在电话里吻了她,因为她是微笑着走的,临走时小手里还紧紧攥着那个能听到'爸爸'声音的手机……"

不知什么时候,我的眼前已模糊一片……

好行为训练营

　　一个打错的电话,牵出一段美丽而凄凉的故事,感谢文中的"我",凭着善良给了孩子最后的温暖和亲情,让她能带着微笑离开这个世界。可见,一个小小的善意,可能会照亮别人暗淡的生命,我们有什么理由粗暴地去对待与你相处的每一个人呢？从现在开始,学会善良、学会关爱、学会真诚地对待每一个人吧！

文　郭孜求

沙漠之路 文 李雪峰

在气息奄奄的那一刻,僧人十分懊悔:如果自己能按照大家吩咐的那样做,那么即便没有了进路,还可以拥有一条平平安安的退路啊!

在一个茫茫沙漠的两边,有两个村庄。到达对面的村庄,如果绕过沙漠走,至少需要马不停蹄地走上二十天;如果横穿沙漠,那么只需要三天就能抵达。但横穿沙漠实在太危险了,许多人试图横穿却无一生还。

有一天,一位智者经过这里,让村里人找来了几万株胡杨树苗,每半里一棵,从这个村庄一直栽到了沙漠那端的村庄。智者告诉大家说:"如果这些胡杨有幸成活了,你们可以沿着胡杨树来来往往;如果没有成活,那么每一个行者经过时,都将枯树苗拔一拔,插一插,以免被流沙给淹没了。"

果然,这些胡杨苗栽进沙漠后,全都被烈日给烤死了,成了路标。

沿着"路标",这条路大家平平安安地走了几十年。

一年夏天,村里来了一个僧人,他坚持要一个人到对面的村庄化缘去。大家告诉他说:"你经过沙漠之路的时候,遇到要倒的路标一定要把它向下再插深一些,遇到就要被淹没的树标,一定要将它向上拔一拔。"

僧人点头答应了,然后就带了一皮袋的水和一些干粮上路了。他走啊走啊,走得两腿酸困浑身乏力,一双草鞋很快就被磨穿了,但眼前依旧是茫茫黄沙。遇到一些就要被尘沙彻底淹没的路标,这个僧人想:"反正我就走这一次,淹没就淹没吧。"他没有伸出手去将这些路标向上拔一拔。遇到一些被风暴卷得摇摇欲倒的路标,这个僧人也没有伸出手去将这些路标向下插一插。

但就在僧人走到沙漠深处时,静谧的沙漠蓦然飞沙走石,许多路标被淹没在厚厚的流沙里,许多路标被风暴卷走,没有了影踪。僧人像没头的苍蝇似的东奔西走,再也走不出这大沙漠了。在气息奄奄的那一刻,僧人十分懊悔:如果自己能按照大家吩咐的那样做,那么即便没有了进路,还可以拥有一条平平安安的退路啊!

是的,给别人留路,其实就是给我们自己留路。

好行为训练营

横穿沙漠的时候,整理好路标,为的是给别人留一条路,也给自己留一条路;盲人夜行的时候,常常点一盏灯,为的是给别人照路的时候,别人也给他让出一条路。做任何事情的时候,都要想到别人啊!僧人只想到自己,他的内心其实只是一片荒芜的沙漠,没有关爱他人的绿洲,注定走不出心灵的荒漠!

文 郭孜求

放大你的优点 文 崔修建

把名字写好也算一个优点？青年在对方眼睛里看到了肯定的答案。

一个穷困潦倒的青年，流浪到巴黎，期望父亲的朋友能帮自己找一份谋生的差事。

"数学精通吗？"父亲的朋友问他。青年羞涩地摇头。

"历史、地理怎么样？"青年还是不好意思地摇头。

"那法律呢？"青年窘迫地垂下头。

"会计怎么样？"父亲的朋友接连地发问，青年都只能摇头告诉对方——自己似乎一无所长，连丝毫的优点也找不出来。

"那你先把自己的住址写下来吧，我总得帮你找一份事做呀。"

青年羞愧地写下了自己的住址，急忙转身要走，却被父亲的朋友一把拉住了："年轻人，你的名字写得很漂亮嘛，这就是你的优点啊，你不该只满足找一份糊口的工作。"

把名字写好也算一个优点？青年在对方眼睛里看到了肯定的答案。

哦，我能把名字写得叫人称赞，那我就能把字写漂亮，能把字写漂亮，我就能把文章写得好看……受到鼓励的青年，一点点地放大着自己的优点，兴奋的他脚步也立刻轻松起来。

数年后，青年果然写出了享誉世界的经典作品，他就是后来家喻户晓的法国18世纪著名作家大仲马。

好行为训练营

大仲马的成功，一定程度上得益于父亲朋友的鼓励。正因为这个人善于发现别人的优点，并不吝啬自己的赞美，大仲马才得以发现自己的特长，并一步一步加以放大，终至成为家喻户晓的著名作家。要是我们都能少批评、多赞美周围的同学，时时鼓励而不是打击别人，谁又能肯定我们自己、我们的同学中，不会出现著名的作家、科学家呢？

文 郭孜求

魔力黑痣 文 穆 梓

本来只是一颗不幸的黑痣，竟然因为仅仅是不经意的一句预言，转瞬间便附着一股神奇的魔力，人间的不幸，也成了向上登攀的台阶，并由此让卑微的小女孩有了辉煌的人生走向。

1823年，在英国南部城市威尔士的一个小城镇，一户穷困潦倒的农家，一个瘦小的女婴呱呱坠地。她不合时宜的降临，在愁眉不展的母亲看来，只是让本已穷困的家中又多了一张吃饭的嘴。更让父母苦恼的是，女孩两岁那年，左脸上突然生出一颗指甲大小的黑痣，让她那张本来就不大好看的脸，变得更丑陋了。

来自亲人和周围人们的歧视目光，让从小自卑感很重的女孩变得更加抑郁了。父母更加不喜欢她，只供她念了四年书，便让她去一个

107

农场做工。女孩默默地听从了父母的安排，每天除了拼命地干活，一有空闲，她就躲到一个角落里，痴迷地读着能够找到的各种书，似乎只有沉浸在书籍的海洋中，她才可以忘却生活中那无尽的烦恼。如果不是因为那突如其来的预言，她十有八九会像许多贫苦农家孩子一样，默默无闻地走过凄苦的一生。

女孩命运的改变是在她13岁那年的春天。当地一位赫赫有名的牛津大学的哲学家，偶然在农场草垛旁，看到了正在全神贯注地读书的女孩。他不容置疑地对身边的人说："哎呀，这个小女孩双目有神，心智非凡，将来肯定是这个小镇上最有出息的人。她脸上的那颗痣，其实是一颗幸运星。"

"真的是那样吗？"哲学家的预言像一块巨石，砸向了女孩的父母和众人平静的心海，他们不约而同地打量起平时谁都不愿意多瞧几眼的女孩。许多事情就从那时突然变得奇怪起来：丑丑的女孩虽然没有一下子美丽多少，但却可爱了许多，众人纷纷搜寻了许多的旁证，来附和哲学家的判断，以证明女孩的确与众不同。众人一致的赞赏评语，深深地鼓舞了女孩的父母，他们像捡到了金子一样兴奋起来。女孩脸上那颗讨厌的去不掉的黑痣，在父母的眼里也陡然成了一种智慧的象征。接下来，一连串的幸运降临到女孩的头上——本镇最好的学校主动邀请她免费入学，一位大农场主主动登门认她为干女儿，为她提供了最好的学习条件，并帮助他们一家走出了贫困的阴影。

"女孩是神"的说法还在不断地向四处传播，女孩陷入了众人羡慕和激励的包围中，她一天天地自信、开朗起来，笑容一如阳光般灿烂，她的学习成绩一年比一年优异，还成了校园里的活跃分子，她的组织能力在同学中间出类拔萃。女孩脸上的那颗黑痣扩大了一点儿，但这并没有妨碍许多英俊的男士频频向她示爱，她真的由丑小鸭变成了美丽的天鹅。后来，女孩取得了剑桥大学的博士学位，成了著名的爱丁堡大学当时最年轻的女教授和一名很有影响的社会活动家，再后来，她还做了伦敦市长的助理。随着时光的流逝,几乎没有人记得女孩卑微的出身和她凄惨的童年,人们把更多的敬慕和赞赏投给了一步步迈向更大成功的女孩。

女孩35岁那年突然病逝,许多人不禁扼腕痛惜,因为她即将被提名为皇家科学院院士。后来,一位医生道出了女孩死亡的原因——女孩脸上的那颗黑痣发生了癌变,癌细胞侵入了她的脑组织。但此时,已经没有人在意这一点了,人们到处传颂的是女孩脸上的那颗痣,仍是上帝赐予的象征智慧和才干的幸运星,人人都在羡慕女孩,都在渴望自己也能拥有那样一颗神奇的黑痣。

灯下,阅读那位名叫圣安·玛丽娅近乎传奇的短暂人生故事,我不禁喟然:

本来只是一颗不幸的黑痣,竟然因为仅仅是不经意的一句预言,转瞬间便附着一股神奇的魔力,人间的不幸,也成了向上登攀的台阶,并由此让卑微的小女孩有了辉煌的人生走向。与其说是命运的无常,不如说是奇迹无处不在,平凡如我辈的每个人,其实都拥有一个储量极其丰富的矿藏,最关键的是要不断地去挖掘,靠自己,也靠别人。

好行为训练营

这真是一颗拥有魔力的黑痣吗? 不是,真正拥有魔力的,是哲学家的一番赞美! 因为这番赞美,小女孩的家人和邻居改变了对她的歧视,小女孩的人生更由此发生了天翻地覆的变化。可见,赞美的力量是多么巨大啊! 我们为什么不经常使用它呢? 它也可以为我们、为我们的朋友们推开一扇通往灿烂未来的门!

文 刘娟鹏

阳光灿烂每一天 文 刘念国

> "我想让纽约多点人情味儿，"弗兰西斯答道，"如果有可能，我想让全世界每一天都阳光灿烂。"

我和弗兰西斯在Pelham Bay Park（佩勒姆湾公园）的拐角下了计程车。付钱时，弗兰西斯忽然对那开计程车的黑人小伙子说道："谢谢你，兄弟，坐你的车舒适极了。"

黑人小伙子愣了一下，继而皱了皱眉，撇着嘴说："你在寻我开心？"

"不，兄弟，我不是在寻你开心，真的。我很佩服你刚才在交通混乱时能沉住气，而且，你开车的技术真棒。"弗兰西斯说这话时一脸的真诚。

黑人小伙子笑了，露出满嘴漂亮的白牙："是吗？谢谢您，先生，愿上帝保佑您！"他边说边朝我们挥手，欲驾车离去。

弗兰西斯也笑了，他从上衣口袋里掏出了一个淡黄色的不干胶衣饰，递给黑人小伙子："愿上帝同样保佑你。兄弟，贴上这个吧。"

不干胶衣饰上印着阿姆斯特朗灿烂的笑脸——这个隶属美国邮政自行车队的车手，在被医院确诊患有睾丸癌后，仍一口气夺得了四次环法自行车赛冠军。他的头像下，印着一行字：阳光灿烂每一天。

"老兄，你刚才在干什么？"走出很远后，我仍有些疑惑不解，忍不住问弗兰西斯。

"我想让纽约多点人情味儿，"弗兰西斯答道，"如果有可能，我想让全世界每一天都阳光灿烂。"

"你一个人怎能做到？"我嗤之以鼻。

"我也许能够起带头作用——我确信刚才那句赞美能让那个黑人小伙子整日心情愉快。如果他今天还能载30位乘客，他的快乐也许会传递给他们。依此类推，周而复始。怎么样，我这主意不错吧？"弗兰西斯一脸得意的笑。

"我承认你这套理论很中听，但你怎么能肯定那黑人小伙子会照你的想法去做？而且，能有多少实际效果？"

"就算没效果我也没有损失——赞美一个人花不了我几秒钟。他如果不领情，明天我还可以赞美另一个计程车司机……"

弗兰西斯继续阐述着他的观点，我却陷入了沉思……

好行为训练营

每天赞美你周围的一个人，你的赞美会升华成他的快乐，而他的快乐可以感染他所接触到的每个人，每个人要是都能把他的快乐传播给更多的人，世界便因此阳光灿烂！弗兰西斯的这套"赞美学"，放在我们的生活中同样适用：每天赞美一次你的同学，每天就会有人因为你的赞美而心情愉悦！

文 刘娟鹏

学会欣赏别人 文 樊富庄

> 但你看她的表情,她注视着树枝上一朵清香、漂亮的丁香花,表情是那么的生动,你不认为很可爱吗? 她渴望春天,喜欢美好的大自然。我觉得这老太太令人感动!

圣诞节临近,美国芝加哥西北郊的帕克里奇镇到处洋溢着喜庆、热烈的节日气氛。

正在读中学的谢丽拿着一沓不久前收到的圣诞贺卡,打算在好朋友希拉里面前炫耀一番。谁知希拉里却拿出了比她多十倍的圣诞贺卡,这令她羡慕不已。

"你怎么有这么多的朋友? 这中间有什么诀窍吗?"谢丽惊奇地问。

希拉里给谢丽讲了两年前她的一段经历——

"一个暖洋洋的中午,我和爸爸在郊区公园散步。在那儿,我看见一个很滑稽的老太太。天气那么暖和,她却紧裹着一件厚厚的羊绒大衣,脖子上围着一条毛皮围巾,仿佛天上正下着鹅毛大雪。我轻轻地拽了一下爸爸的胳膊说:'爸爸,你看那位老太太的样子多可笑呀。'

"当时爸爸的表情显得特别的严肃。他沉默了一会儿说:'希拉里,我突然发现你缺少一种本领,你不会欣赏别人。这证明你在与别人的交往中少了一份真诚和友善。'

"爸爸接着说:'那位老太太穿着大衣,围着围巾,也许是生病初

112

愈,身体还不太舒服。但你看她的表情,她注视着树枝上一朵清香、漂亮的丁香花,表情是那么的生动,你不认为很可爱吗? 她渴望春天,喜欢美好的大自然。我觉得这老太太令人感动!'

"爸爸领着我走到那位老太太面前,微笑着说:'夫人,您欣赏春天时的神情真的令人感动,您使春天变得更美好了!'

"那位老太太似乎很激动:'谢谢,谢谢您! 先生。'她说着,便从提包里取出一小袋甜饼递给了我,'你真漂亮……'

"事后,爸爸对我说:'一定要学会真诚地欣赏别人,因为每个人都有值得我们欣赏的优点。当你这样做了,你就会获得很多的朋友。'"

好行为训练营

学会真诚地欣赏别人,就可以获得更多的朋友! 希拉里的爸爸告诉她的这个道理,对于我们来说也非常实用。多赞美你周围的人,用善意的目光去欣赏他们的行为,你的心也会因为彼此的欣赏而感动,世界便在善意的目光中变得更加温暖!

文 刘娟鹏

不要轻易拔去花间的草 文 阿 健

校长解释道："这种花特别贪长，若没有几株草跟它们争养料，它们会疯长得很高，却开不出多少花来；有了这几株草，它们就能恰到好处地生长，花开得多、开得艳。"

师大毕业，刚被分进中学，我便当上了班主任。班上有几个特别淘气的学生，很是影响班级的各项成绩，叫我很头疼，好几次找校长，说最好把他们弄走，可校长始终不肯答应。

这一天，几个淘气小子又给我惹事了，气得我跑到校长家里，跟他诉苦，说这几个差学生，搅得我的班级不像样子，让我的一番心血都白费了，快把他们弄走吧。

校长是个花迷，他一边不停地给自己花园里的各种花草浇着水，一边笑着说："没那么严重吧？淘气的学生身上也有优点嘛。"

"可我实在找不出他们身上的优点啊！"我急了。

"小伙子，慢慢来嘛。"校长不急不忙地在给一株名花搭着支架。

忽然，我发现在一片开得很旺盛的花朵间，很明显地生长着几株野草。我伸手就要将它们拔去，校长忙拦住了我。我不解地问为什么。

校长说："这片花里必须得留着几株草，要不这花就不会开得这么好了。"

怎么会有这种怪事呢？我更加迷惑不解了。

校长解释道:"这种花特别贪长,若没有几株草跟它们争养料,它们会疯长得很高,却开不出多少花来;有了这几株草,它们就能恰到好处地生长,花开得多、开得艳。"

哦,原来是这样,我不由得多看了几眼这几株平常的草。蓦然,我的心底涌入一股清爽的风——哦,即使是看似可有可无的杂草,也有着某些花朵不曾具备的优点啊。

后来,在我的热情帮助下,那几位淘气的学生,都有了根本的转变,我的班级成了全校最好的班级。在班主任经验交流会上,我只说了一句话——千万不要轻易地拔去花间的草。

好行为训练营

花有花的好处,草有草的用途。有草的地方,花开得更艳;有花的地方,草长得更欢,世间万物,都有它自己独特的优点。只要学会用赞赏的目光来看待,利用优点巧避缺点,每件事物都可以将它的用途发挥到极致。我们身边的同学何尝不是如此? 那些淘气的顽皮的人,只是你还没找到他们的优点而已!

文 刘娟鹏

与其说是命运的无常，不如说是奇迹无处不在，平凡如我辈的每个人，其实都拥有一个储量极其丰富的矿藏，最关键的是要不断地去挖掘，靠自己，也靠别人。

第7辑
有一种愚蠢叫诚信

　　奥尔森曾被评为"美国最成功的企业家"。在谈及成功时,他总要提及父亲。奥尔森的父亲是一名推销员,一次,一位顾客想购买他的机器,但他发现这位顾客并不真正需要这台机器,于是他极力劝这位顾客不要购买。父亲的诚实品格给了儿子很大影响。奥尔森秉承了父亲的优点:办事讲原则,合作重诚信。

　　不论我们的目标多么伟大,我们一定要遵守自己的承诺并尽可能地去兑现它。因为成功秘诀中最不能缺少的两个字就是——诚信。

爬行上班的小学校长 文 草 秧

> 为了安全和不影响交通，他不在公路上爬，而在路边的草地上爬。过往的汽车向他鸣笛致敬，有的学生索性和校长一起爬，新闻单位也前来采访。

1998年11月9日，美国犹他州土尔市的一位小学校长——42岁的路克，在雪地里爬行1.6公里，历时3小时去上班，受到过路人和全校师生的热烈欢迎。

原来，这学期初，为激励全校师生的读书热情，路克曾公开打赌："如果你们在11月9日前读书15万页，我在9日那天就爬行上班。"

全校师生猛劲儿读书，连校办幼稚园大一点儿的孩子也参加了这一活动，终于在11月9日前读完了15万页书。有的学生打电话给校长："你爬不爬？说话算不算数？"也有人劝他："你已达到激励学生读书的目的，不要爬了。"可路克坚定地说："一诺千金，我一定爬着上班。"

与每天一样，路克于早晨7点离开家门，所不同的是他没有驾车，而是四肢着地爬行上班。为了安全和不影响交通，他不在公路上爬，而在路边的草地上爬。过往的汽车向他鸣笛致敬，有的学生索性和校长一起爬，新闻单位也前来采访。经过3小时的爬行，路克磨破了五副手套，护膝也磨破了，但他终于到了学校，全校师生夹道欢迎他们心爱的校长。当路克从地上站起来时，孩子们蜂拥而上，抱他、吻他……

好行为训练营

作为校长,路克用在雪地里爬行3小时的行为,教给了他的学生人世间最宝贵的东西——诚信! 自己作出的承诺,就一定要做到。生活中,我们也常常与人打赌,那些兴头上承诺的"赌注",却往往被我们一笑置之。如果我们都能有路克校长这么认真,这个世界一定会被我们演绎得更加美好!

文 朱晓华

一生守信 文 佚 名

信用是金,守信既是市场经济应该和必须遵守的法则,也是人生最宝贵的财富。

20世纪初,来美国的移民大都十分节俭,尽量把每一分钱都积存起来。佛兰普斯科·罗迪便成立了一家小小的银行,吸收移民存款。1915年圣诞节前夕的一天,这家银行的出纳员外出午餐,银行里只有罗迪。突然,三个蒙面歹徒冲进来,把罗迪关进厕所后,将银行里的22000美元席卷一空。储户听到这个消息后,都蜂拥来提款。虽然罗迪尽了最大的努力兑付,但仍然不支,最后被迫清盘,宣告破产。250个储户共损失了18000美元。

从此,罗迪家一贫如洗。他们失去了住宅、积蓄、存款和所有的一切,连家里一块稍好的红地毯也被人当债务拿走了。一位银行家对罗

迪说："银行遭遇抢劫,这是天灾人祸,既然已经宣告破产,你就没有任何责任了,存款也不用还了。"罗迪说："法律上也许是这样。不过,我个人是要认账的,这是信誉上的债务。今后我一定要归还!"罗迪为了还债努力奋斗,他白天杀猪,晚上为人补鞋,还发动大一点儿的孩子上街卖报,帮人搬货物。一家人省吃俭用,积了一点儿钱,有了一定的还债条件。罗迪听说一位储户患了重病,生活困难,他就把那位储户十几年前存的177美元还清了。

以后,罗迪一家积了一点儿钱总是先还给最困难的储户。罗迪听说一位身患重病的寡妇无力抚养孩子。先还给她100美元,另外每月还她10美元,使她付清房租。罗迪还听说一位储户欠了税,有坐牢的危险,20年前他在罗迪这里存了一笔钱。罗迪连忙找到他,还了他的存款,使他免受牢狱之灾。但由于时间太长,许多储户记不清了,罗迪就在保险公司、教堂、开发商甚至是当地报纸上刊登广告,寻找存款人。他从一篇新闻报道上,发现加利福尼亚有久未寻到的当年的三位储户,他便把存款分别寄给了他们。他们异常感动,其中两个人把存款退了回来,请他转寄给别的穷人或他们的孩子。罗迪通过牧师的帮助,找到了90里外的一对老年储户。罗迪踏着深深的积雪,来到了他们家。几十年来,他们的存款凭据都丢失了,但记得当年罗迪的储蓄银行的位置、街角的当铺、铁匠铺等。罗迪认为,他们说的是对的,便按他们提供的数目给他们兑现了存款。

1946年圣诞节前夕,银行被抢31年以后,罗迪还清了250位储户18000元存款。因第二次世界大战散居各地的罗迪的子女也再次团聚在一起,此时罗迪向过去所有储户或他们的子女寄出了一张贺年卡,贺年卡上附了几句话："我,佛兰普斯科·罗迪曾经经营一家储蓄银行,1915年该行遭劫后,被迫停业,但当时我曾向各位保证,日后必将存款归还。经过多年的奋斗,我们兑现了诺言,现在还清了所有的存款和利息,诚感欣慰。祝大家圣诞快乐!"

当最后一张贺卡寄出以后,罗迪说："我幸福,因为我无愧于我的承诺！"

信用是金,守信既是市场经济应该和必须遵守的法则,也是人生最宝贵的财富。

好行为训练营

虽然银行被抢,生活困顿,但罗迪用31年的时间,将"信用"二字打磨得熠熠生辉,给他的后辈,乃至今天的我们,都留下了一笔巨大的财富。确实,对于我们每一个人来说,"信用"是我们一生中最宝贵的财富,它可以为我们兑换到最美妙的人生!

文 朱晓华

玫瑰花信誓　文 杨宗海

也许拿破仑至死也没想到,自己一时的"即兴"言辞会给法兰西带来这样的尴尬。但是,这也正说明了一个道理:许诺只在一瞬,践约需要永远,无论是凡人还是伟人。

1797年3月,法兰西总统拿破仑在卢森堡第一国立小学演讲时,潇洒地把一束价值3路易的玫瑰花送给该校的校长,并且说了这样一番话:"为了答谢贵校对我,尤其是对我夫人约瑟芬的盛情款待,我不仅今天呈献上一束玫瑰花,并且在未来的日子里,只要我们法兰西存在一天,每年的今天我都将派人送给贵校一束价值相等的玫瑰花,作为法兰西与卢森堡友谊的象征。"从此卢森堡这个小国即对这"欧洲巨人

与卢森堡孩子亲切、和谐相处的一刻"念念不忘,并载入史册。

谁都不曾料到,1984年底,卢森堡人竟旧事重提,向法国政府提出这"赠送玫瑰花"的诺言,并且要求索赔。他们要求法国政府:要么从1798年起,用3个路易作为一束玫瑰花的本金,以5厘复利计息全部清偿;要么在法国各大报刊上公开承认拿破仑是个言而无信的小人。法国政府当然不想有损拿破仑的声誉,但电脑算出来的数字让他们惊呆了:原本3路易的许诺,至今本息已高达1375596法郎。最后,法国政府通过冥思苦想,才找到一个使卢森堡比较满意的答复:"以后无论在精神上还是在物质上,法国将始终不渝地对卢森堡大公国的中小学教育事业予以支持与帮助,来兑现我们的拿破仑将军那一诺千金的玫瑰花信誓。"

也许拿破仑至死也没想到,自己一时的"即兴"言辞会给法兰西带来这样的尴尬。但是,这也正说明了一个道理:许诺只在一瞬,践约需要永远,无论是凡人还是伟人。

好行为训练营

这个故事告诉我们,即使是拿破仑那样的伟人,一旦未兑现自己的诺言,也会让后辈遭遇尴尬并付出代价,更何况我们这些凡人。俗话说:"一诺千金。"自己许下的诺言,一定要认真去践行,守信的才是君子,失约的便是小人,你愿意做君子还是小人呢?

文 朱晓华

追赶承诺 ●文 崔 浩

不论我们的目标多么伟大,或者有多么伟大的事业等着我们去做,我们一定要遵守自己的承诺并且尽可能地去兑现它。因为经商和做人的成功秘诀中最不能缺少的两个字就是——诚信。

百事可乐的总裁卡尔·威勒欧普到科罗拉多大学演讲的时候,有一个名叫杰夫的商人想通过演讲会的主办者约卡尔见面谈一谈。卡尔答应了,但只能在演讲完后而且只有15分钟的时间。

杰夫就在大学礼堂的外面坐着等。

卡尔兴致勃勃地为大学生们演讲,讲他的创业史,讲商业成功必须遵循的原则,不知不觉中已超过了与杰夫约定的见面时间,显然他已忘记了与别人的约定。

正当卡尔继续兴致很高地演讲时,他发现一个人从礼堂外推门径直朝讲台上走来。那人一直走到他的面前,一言不发地放下一张名片后转身离去。卡尔拿起名片一看,背面写着:"您和杰夫·荷伊在下午两点半有约在先。"

卡尔猛然醒悟。一边是需要他说服并且灌输百事可乐思想的大学生们,他们是他企业发展的目标甚至是动力,而另一边只是一个名不见经传的向他请教的商人。卡尔没有犹豫,他对大学生们说:"谢谢大家来听我的讲演,本来我还想和大家继续探讨一些问题的,但我有一个约会,而且现在已经迟到了。迟到已经是对别人的不礼貌,我不

能失约,所以请大家原谅,并祝大家好运。"

在雷鸣般的掌声中,卡尔快步走出礼堂,他在外面找到了正在等他的杰夫,向他致了歉意后,便又滔滔不绝地告诉了杰夫他所想要知道的一切。结果,原来定好的15分钟时间他们却一直交谈了30分钟。后来,杰夫成了一名成功的商人,他把这一段经历告诉了他的朋友。他的朋友们都对百事可乐产生了信任并决定经销和宣传百事可乐。

不论我们的目标多么伟大,或者有多么伟大的事业等着我们去做,我们一定要遵守自己的承诺并且尽可能地去兑现它。因为经商和做人的成功秘诀中最不能缺少的两个字就是——诚信。

好行为训练营

你喝过"百事可乐"吗? 即使没有喝过,也一定知道它的存在。这家来自美国的饮料公司,能在全球得到如此大的发展,正是取决于他们拥有的一项最宝贵的企业理念——"诚信",这也是所有成功的人共同遵守的法则。要想赢得一个成功的人生,我们一定要谨记这两个字!

文 王 艳

一诺终生 文 殷君发

她以为,人生就这样慢慢地消磨了。爱情,以及关于爱情的诺言,会随着时光的流转而远去。然而,当她行将就木之际,却得到了他的消息……

几年前,在门诊大厅,常见到一位古稀老人搀扶一个年龄比他还大的精神病人就诊,每月一次,从未间断。在这位精神病人身上,我几乎找不到受歧视的痕迹。他穿着虽然旧了些,但是干干净净,他偶尔捡脏东西,只见那位老人接过脏物,然后很仔细地为他洗净手,一连串的动作,如母亲对待孩子般体贴。有一次,我好奇地问他们的关系,老人告诉我,这个病人是他战友的哥哥!我瞠目结舌,不敢相信。老人略微一笑,讲了一个令我终生难忘的故事:50年前,在朝鲜战场上,一位战友负了重伤,弥留之际,将患精神病的哥哥托付给他。他答应了。为了这个诺言,他50年如一日地照料这位病人。

记得第一天到医院上班,参与抢救过一位服用过量精神科药物自杀的老妪。后来,我们成功了。作为医务人员,这是我们最大的快慰。而快慰过后,我对老人自杀的动机产生了疑问。毕竟,老人的家庭条件很好,儿孙满堂,家庭和睦。在疾病恢复期,我给老人做心理治疗,谈及这个问题,老人沉默了良久。许久,老人慢慢抬起头,眼中却盈满了泪水。一段漫长的心路历程,关于爱的诺言的故事,强烈地震撼着我的心。老人年轻时,是镇上有名的美人。那时,她和铁匠铺的一个伙计偷偷相爱了。一个晚上,小伙子突然跑来告诉她,他要参军了,等混出了名堂,一定回来娶她。小伙子说:等着,我一定风风光光地娶你!她信了。然而,10年过去了,她没有他的消息。20年过去了,还是没有他的音信!她已过了女人最浪漫的季节,在别人的撮合下,她嫁人了。她以为,人生就这样慢慢地消磨了。爱情,以及关于爱情的诺言,会随着时光的流转而远去。然而,当她行将就木之际,却得到了他的消息:当年,他跟随部队溃逃到台湾,为了守住爱情诺言,终生未娶!闻听此言,她如遭当头棒喝。数月后,他从海峡那边回来省亲。她无颜见他,无颜面对当年的承诺,做出了旁人无法理解的事……

好行为训练营

生活中,这个50年如一日照顾战友哥哥的老兵,也许常被人称为"傻子";这个因未能守住诺言而自杀的老婆婆,也许要被人骂作"愚蠢"!然而,他们这种"一句话,一辈子"的"一诺终生"的行为,却值得我们敬佩!这个世界,也因为他们的行为而变得更加温暖!

文 王 艳

我愿意为你拆一座亭子 文 流 沙

"他的孩子现在就站在这里,就是我。"福克斯接着说,"我想说的是,我愿意像父亲一样,为了自己的诺言为你们拆一座亭子。"

政治家福克斯在美国的历史上十分有名,他以诚实和信用立身,

团结了许多公民。

但当时政坛上充满了欺骗,公民对政治并不感兴趣,他们认为政治就是撒谎,没有人比政客更会撒谎了。所以,仍有许多公民对福克斯的演说持怀疑态度。

一次,福克斯受邀参加某大学的演讲,一名大学生问他:"你在从政的道路上有没有撒过谎?"

福克斯说: "从来没有。"

大学生们在下面窃窃私语,有的还轻笑出声来,因为每一个政客都会这样表白。他们总是发誓说自己从来没有撒过谎。

福克斯并不恼,他对大学生们说:"孩子们,在这个社会上,也许我很难证明自己是个诚实的人,但是你们应该相信这个世界上还有诚实,它永远都在我们的周围。我想讲一个故事,也许你们听过就忘了,但是这个故事对我很有意义。"

有一天,一位父亲觉得园中的那座旧亭子应该拆了,于是想让工人把亭子拆了。而他的孩子对拆亭子很感兴趣,他对父亲说:"爸爸,我想看看怎么拆掉这座旧亭子,等我从寄宿学校放假回来再拆好吗?"

父亲答应了。孩子上学后,工人却很快把旧亭子拆了。

孩子放假回来后,发现旧亭子已经拆除了,他闷闷不乐。他对父亲说:"爸爸,你对我撒谎了。"

父亲惊异地看着孩子。孩子说:"你说过的,那座旧亭子要等我回来再拆。"

父亲说:"孩子,爸爸错了,我应该实现自己的诺言。"

父亲很快召集来了工人,让他们按照旧亭子的模样重新在原地造一座亭子。

亭子造好后,他叫来了孩子,对工人们说:"现在,你们开始拆这座亭子。"

福克斯说:"我认识这位父亲和孩子,这位父亲并不富有,但是他却为孩子实现了自己的诺言。"

　　大学生们问："请问这位父亲叫什么名字，我们希望认识他。"

　　福克斯说："他已经过世了，但是他的儿子还活着。"

　　"那么，他的孩子在哪里？他应该是一位诚实的人。"大学生们问。

　　福克斯平静地说："他的孩子现在就站在这里，就是我。"福克斯接着说，"我想说的是，我愿意像父亲一样，为了自己的诺言为你们拆一座亭子。"

　　言罢，台下掌声雷动。

好行为训练营

　　福克斯的父亲，无疑是一位伟大的父亲，重拆了一座旧亭子，却在儿子心中建起了一座屹立不倒的诚信大厦！的确，这世间，还有什么比"诚信"二字更有力量？它不仅可以推倒众人心中互相戒备的高墙，还可以构筑相互信任的堤坝。让我们都谨记诚信，以诚信的力量去征服属于我们的未来吧！

文 王 艳

皮斯阿司和达蒙　文 王虎林

就在这千钧一发之际，在风雨中，皮斯阿司飞奔而来，他高喊着：我回来了！我回来了！这真的是人世间最感人的一幕。

在公元前4世纪的意大利，有一个名叫皮斯阿司的年轻人无辜触

犯了国王,被判绞刑,将在某个法定的日子被处死。皮斯阿司是个孝子,在临死之前,他希望能与远在百里之外的母亲见最后一面,以表达他对母亲的歉意,因为他不能为母亲养老送终了。他的这一要求被告知了国王。国王感其诚孝,决定让皮斯阿司回家与母亲相见,但条件是皮斯阿司必须找到一个人来替他坐牢,否则他的这一愿望只能是镜中花水中月。这是一个看似简单其实近乎不可能实现的条件。有谁肯冒着被杀头的危险替别人坐牢,这岂不是自寻死路。但茫茫人海,就有人不怕死,而且真的愿意替别人坐牢,他就是皮斯阿司的朋友达蒙。

达蒙住进牢房以后,皮斯阿司回家与母亲诀别。人们都静静地看着事态的发展。日子如水,皮斯阿司一去不回。眼看刑期在即,皮斯阿司还没有回来的迹象。人们一时间议论纷纷,都说达蒙上了皮斯阿司的当。行刑日是个雨天,当达蒙被押赴刑场之时,围观的人都在笑他的愚蠢,幸灾乐祸的大有人在。但刑车上的达蒙面无惧色,有一种慷慨赴死的豪情。

追魂炮被点燃了,绞索也已经挂在达蒙的脖子上。有胆小的人吓得紧闭双眼,他们在内心深处为达蒙深深地惋惜,并痛恨那个出卖朋友的小人皮斯阿司。就在这千钧一发之际,在风雨中,皮斯阿司飞奔而来,他高喊着:我回来了! 我回来了! 这真是人世间最感人的一幕。大多数的人都以为自己在梦中,但事实不容怀疑。

这个消息宛如长了翅膀,很快便传到了国王的耳中。国王听闻此言,也以为这是痴人说梦。国王亲自赶到刑场,他要亲眼看一看自己优秀的子民。最终,国王万分喜悦地为皮斯阿司松了绑,并亲口赦免了他的罪行。

好行为训练营

因为诚信,皮斯阿司收获了达蒙以生命作抵押的友谊;也正因为诚信,皮斯阿司和达蒙,都获得了人们的赞誉,从绞索上赎回了自已宝贵的生命。诚信真是人世间最美的品德！它不仅可以赢得人与人之间相互的信任，还展示着一个人生命的含金量。

文 王艳

修桥赶路 文 李忠东

在门口迎候的彼特斯高兴地说："亲爱的朋友，您真守时。"

1779年，德国哲学家康德计划到一个名叫珀芬的小镇，拜访朋友威廉·彼特斯。

动身前，他写信给彼特斯，将于3月2日上午11时到达。

康德是3月1日到达珀芬的，第二天早上，他租了一辆马车。

朋友住在离小镇18公里远的一个农场，小镇和农场隔了一条河。马车来到河边，车夫说："先生，不能再往前走了，因为桥坏了。"

康德下了马车，看了看桥，发现中间已经断裂。河虽然不宽，但是水很深，而且结了冰。

"附近还有别的桥吗？"他焦虑地问。

"有，先生。"车夫说，"在上游9公里远的地方，还有一座桥。"

康德看了一眼怀表，已经是上午10时。

"如果走那座桥，我们什么时候可以到达农场？"

"估计要到12时30分。"

"如果我们经过面前的这座桥，最快能在什么时间到？"

"不用40分钟。"

康德跑到河边的一座农舍,向主人打听:"请问,你的那间破屋要多少钱才肯出售?"

"您要我简陋的破屋,为什么?"农夫大吃一惊。

"您愿不愿意?"

"给200法郎吧。"

康德付了钱,说:"如果您马上从破屋上拆下几根长的木条在20分钟内把桥修好,我将把破屋还给您。"

农夫把两个儿子叫来,按时完成了任务。

马车快速地过了桥,在乡间公路上飞奔,10时50分,赶到了农场。

在门口迎候的彼特斯高兴地说:"亲爱的朋友,您真守时。"

好行为训练营

为了遵守约定,康德为之付出200法郎的代价,但他获得了朋友的赞赏:"您真守时!"我们在生活中也常常面临这种选择,普通人往往错误地选择节约金钱,而甘愿放弃诚信。因此,你若能做对这道选择题,便能在人生的考验中获得胜利!

文 郭孜求

131

有一种愚蠢叫诚信 文 陆勇强

> 有时候,我们不得不为人性中的许多闪光点而感动,它犹如夜空中的星辰一样可以照亮灵魂,让人相信这个世界的美好,即使遭受再多欺骗,也足以让我们相信,总有一些闪亮的星辰永远挂在夜空中,不至于让我们迷路。

有一位出差在外地的先生通过电话向一个他经常去的彩票投注站买了707元钱的彩票。他对彩票投注站一位姑娘说,把彩票给他留着,钱等他出差回来再给她。但是,他因为工作之故耽搁了归程。彩票开奖后,他接到彩票投注站的电话,说他委托她买的彩票中了大奖,奖金是518万元。

他听后哈哈大笑,说:"你别蒙我了,我怎么可能中大奖呢。即使中了大奖,彩票也在你那里。"

说完,他挂了电话,不再理会她。

他心里想,大概她以为他不想付那707元钱了,故意骗他到投注站去。

"唉,现在的人哪,大家相互不信任。"他在心里感叹着。

第二个电话又随即而来,她十分焦急地对他说:"先生,你委托我买的彩票真的中了大奖,你快回来拿吧。"

他没好气地说:"你我算是熟人了,我又不会少你钱。"说完就不耐烦地挂了电话。

　　三天后,他拿着707块钱到投注站,想结清上一期的欠账。他一走进投注站,她就把一张彩票放到他的手中,说:"这是你的彩票,你真的中了大奖,快去兑奖吧。"

　　他看了看手中的彩票,真的中了大奖? 他有些反应不过来,半信半疑地到了兑奖中心,等领到了518万元的巨奖时,他还仿佛在梦中一样。

　　这是一个真实的故事,发生在广东化州市。那个在巨奖面前毫无贪心的彩票投注站站主名叫林海燕。去年年底,她被中国体彩中心授予"中国体彩发行诚信先进个人"称号,化州市和附近的市民纷纷慕名前来看望这位真诚得有些"愚蠢"的普通人。

　　她的行为在常人看来真的有些"不可理喻",彩票没有交给他人,而在自己的手上,518万元的金钱归谁只不过是一个说法问题。她只要说是自己购买的,别人就没有权利获取那巨额钱款。而她偏偏没有这样做。

　　有时候,我们不得不为人性中的许多闪光点而感动,它犹如夜空中的星辰一样可以照亮灵魂,让人相信这个世界的美好,即使遭受再多欺骗,也足以让我们相信,总有一些闪亮的星辰永远挂在夜空中,不至于让我们迷路。

　　有一种愚蠢叫诚信,它可以触动人们最敏感的神经。大音希声,大象无形,大"诚"若愚,造物主总是以极其玄妙的道理诠释着世道沧桑,给芸芸众生点亮一盏不灭的心灯。

好行为训练营

　　你是不是也会认为这个彩票投注站的姑娘很愚蠢呢? 不,她这种"愚蠢"叫诚信! 518万元的巨额奖金虽然具有很大的诱惑,足以让我们迷失自己的方向,但是,能在巨大的诱惑面前坚持自己诚信美德的,无疑更值得我们敬佩。林海燕能抵御518万元的诱惑,她品德的价值就超越了518万! 记住,没有什么比诚信更宝贵!

文　郭孜求

推销信赖 文 张小失

> 这个世上，多数人推销的是"价格"，而将无价的信赖用于推销，却很少。也许，多数人缺少这种无价之宝。

这是他来人才交流市场转悠的第四天上午。前三天他拜访过15个"柜台"。现在,他拎着塑料袋向第16家用人单位走去——

"这是我的大专学历证书。我原先的单位倒闭了,我有6年的相关工作经验。"他说。他对面坐着一家大型企业的人事部门主管。主管有些迷惑地望着他,想说什么,又没开口。他笑了笑,继续说:"刚才只是向您介绍一下我的基本能力,但我还有一个更重要的品质希望得到您的关注!"

主管愣了一下。显然,连日面对川流不息的求职大学生,他已经疲了,但眼前这个人似乎有些特别。主管点点头:"什么品质?"

他说:"我是一个值得信赖的人!"

主管笑了,显然,他觉察到一些"新意":"何以证明?"

他说:"1998年9月15日,我以单位会计身份去银行取公款,出纳员工作失误,多付我3700元。一小时后,我发现此事,立即回去将这笔钱退还了。银行写来表扬信,单位通报表彰了我——这是当时的文件。"

主管随手翻翻,抬眼:"就这个吗?"

"还有,"他说,"1999年8月3日深夜,我的同事王某某的爱人临产。当时王某某腿伤未愈,打电话请求我帮他送爱人上医院。我立即找车、抬人,很快将他的爱人安排妥当。第二天上午,我又用自己的钱为他们垫付各项费用。直到他的亲人们赶来照料,我才回去休息。值得一提的是,王某某现在是贵企业某部门职员,可以证明。"

主管微笑着点点头,没说话,似乎在等着听第三件"光辉事迹"。

他继续说:"2000年12月9日下午,我在农贸市场见到几个歹徒殴打一个卖菜的中年人,当时围观者很多,只有我上前制止,结果被那伙歹徒将胳膊打伤……这是翌日晚报刊登的报道,有我的照片。你看,这有当时留下的伤痕。"

主管这时才露出一丝感动,他凝神片刻,忽然问:"那么,你的这种自我宣扬……"他接口道:"主管先生,我知道,这样的事从自己嘴巴说出来,就贬值大半了,但是,你也知道,面对这些年轻的甚至高学历的大学毕业生,我这个36岁的失业者没有任何优势。我只是为了生存才说这些,我希望自己能好好地生活下去。至少,有我存在,这个社会就多了一个值得信赖的人。"

这个"自我宣扬"的人是我的同学老冬,当时,我就陪在他身边。至今,我仍常常感慨:这个世上,多数人推销的是"价格",而将无价的信赖用于推销,却很少。也许,多数人缺少这种无价之宝。

最后,我要告诉你:"推销信赖"的第6天,老冬就上岗了。

好行为训练营

在金钱的诱惑和武力的威胁面前,仍然能够从容坦荡地保持自己完整独立的人格,这样做是非常难能可贵的,这样的人足以信赖。做一个值得信赖的人,用最质朴平实的方式,让自己成为有着独特光芒的那颗星,为我们的人生之路开启一段更加宽广平稳的旅程。

文 郭月霞

模范父亲的故事 文 麦 田

> 奥尔森本人在为人处世上就秉承了父亲的优点:办事讲原则、合作重诚信,使他在员工和商业伙伴中拥有非常好的口碑。

美国数字设备公司总经理奥尔森是美国大名鼎鼎的人物,曾被美国《幸福》杂志评为"美国最成功的企业家"。但是,在谈及自己的成功时,他总要提及父亲,因为父亲用行动影响了他的一生。

奥尔森的父亲奥斯瓦尔德是一个没有大学文凭的工程师,他拥有几项专利,后来成为一名推销员。一次,一位顾客想从他的手中购买他推销的机器,但他发现这位顾客并不真正需要这台机器,于是他极力劝这位顾客不要购买。此事尽管让他的老板火冒三丈,但却为奥斯瓦尔德个人赢得了好名声。

同时,奥斯瓦尔德的诚实品德也给了三个儿子很大影响。奥尔森本人在为人处世上就秉承了父亲的优点"办事讲原则、合作重诚信",这使他在员工和商业伙伴中拥有非常好的口碑。

好行为训练营

对于奥尔森父亲的行为,我们要给予热烈的掌声! 他看似"愚蠢"的行为,却是"诚信"二字最好的证明,也为他自己赢得了信誉和良好的口碑。我们在学习和生活中,不妨学习一下这种"愚蠢",它所蕴藏的诚信,是开启我们成功人生的金钥匙!

文 郭孜求

第8辑

懂得合作才能成功

　　一天，上帝对一个盲人、一个跛子以及两个壮汉说："你们沿着这条路出发，谁先把成功之门打开，他想要什么我都将满足他。"上帝一声令下，两个壮汉拔腿就跑。盲人和跛子商定，两个人互帮互助，盲人背起了跛子，跛子给盲人指路。在成功之门前，两个壮汉都不许对方先推开，厮打在一起。盲人和跛子则共同打开了成功之门。

　　成功需要与人合作才能实现，能否成功，要看你有没有勇气去争取别人的力量，能不能与人合作。

蚁球漂流 文 佚 名

> 一个足球大小的蚁球,黑糊糊的蚂蚁密密匝匝地紧紧抱在一起,一阵风浪过后不断有小团蚂蚁被浪头打开,像铁器上的油漆片儿剥离开去。

黄昏时,洪水如暴虐的猛兽,最终撕开了江堤。一个小村子变成了一片汪洋。

清晨,受灾的人们三三两两聚在堤上,凝望着水中的家园。

忽然,有人惊呼:"看! 那是什么?"

一个黑点正顺着波浪漂过来,一沉一浮,像一个人! 有人跳下水去,很快就靠近了黑点,但见他停了一下,掉头回游,转瞬上了岸。

"一个蚁球。"那人说。"蚁球?"人们不解。

"蚁球这东西,很有灵性。"一个老者解释说,"1969年发大水,我也见过一个,有篮球那么大。洪水来时,一窝蚂蚁迅速抱成团,随波漂流。只要蚁球能靠岸,或者碰上一个漂流物,就能得救了。"

说话间蚁球正漂过来,越来越近,看清了:一个足球大小的蚁球,黑糊糊的蚂蚁密密匝匝地紧紧抱在一起,一阵风浪过后不断有小团蚂蚁被浪头打开,像铁器上的油漆片儿剥离开去。

人们看得惊心动魄。蚁球靠岸了。蚁球一层层散开,像打开的登陆艇。蚁群迅速而秩序井然地一排排冲上堤岸,胜利登陆了。岸边水中仍留下了不小的一团蚁球,那是英勇的牺牲者,它们再也爬不上来了,但它们的尸体,仍然紧紧抱在一起。

好行为训练营

遭遇洪灾时，小小的蚂蚁能抱成团，以集体的力量赢得族群的延续；遇到猎食动物追杀时，年老的羚羊会以自己的身躯作跳板，引渡年轻的羚羊跃过悬崖，大自然真是值得尊敬的老师，它总以这些神奇的方式教会我们合作的重要性。动物尚且知道这个道理，作为万物之灵的人类呢？

文 刘娟鹏

国王的遗言　文 佚 名

在生活中，我们也同样需要合作精神，要和我们的朋友、家人进行良好合作，这样生活才会更顺心。

团结就是力量。只有团结起来，才能有强大的力量去面对外界的打击和困难，从而保护每个合作者的利益。

从前，吐谷浑国的国王阿豺有20个儿子。他这20个儿子个个都很有本领，难分上下。可是他们自恃本领高强，都不把别人放在眼里，认为只有自己最有才能。因此，他们十分不合，常常明争暗斗。

阿豺看到儿子们这种互不相容的情况，很是担心。眼看自己的年纪越来越大了，他担心自己死后国家会因为儿子们的不合而四分五裂。

有一天，久病在床的阿豺感到死神就要降临了，于是把儿子们召集起来。他对儿子们说："你们每个人都放一支箭在地上。"儿子们照办了。阿豺便说："折断它。"儿子们顺手捡起身边的一支箭，稍一用力，箭就断了。

阿豺又说："你们再拿出20支箭捆在一起，折断它们。"结果儿子们抓住箭捆，使出了全身的力量，咬牙弯腰，脖子上的青筋凸起，折腾得满头大汗，也没有人能将箭捆折断。

见到这种情景，阿豺语重心长地说："你们也都体会到了，一支箭，轻轻一折就断了；可是合在一起的时候，就怎么也折不断。你们兄弟也是如此，如果互相斗气，单独行动，很容易遭到失败。只有20个人联合起来，齐心协力，才可以战胜一切，保障国家的安全。"

儿子们终于领悟了父亲的苦心，想起自己以往的行为，都悔恨地流着泪说："父亲，我们明白了，您就放心吧！"

阿豺见儿子们真的懂了，欣慰地点了下头，闭上眼睛安然离世。

我们毕竟都不是事事精通的天才，因此我们必须学会与人合作。

不知你有没有注意到天空中飞行的大雁？它们常常会排成"V"字形飞行。为什么是"V"字形呢？因为每一只大雁在振翅飞行时，都会激荡起周围的空气，而这对于紧跟在它后面的同伴是非常有利的，能帮它省力。据科学测算，成群的大雁以"V"字形飞行，比一只大雁单独飞行能多飞20%的距离。

在生活中，我们也同样需要合作精神，要和我们的朋友、家人进行良好合作，这样生活才会更顺心。

好行为训练营

"一根筷子轻轻被折断，十双筷子牢牢抱成团"，这段歌词告诉我们的就是合作的重要性。一个人的力量也许很渺小，无数人的力量叠加，我们便能筑出长城，修成高塔。"众人划桨开大船"，我们每个人都是班级的一分子，只有我们共同努力，才会在学海中扬帆远航！

文 刘娟鹏

种出好玉米　文 刘宇婷

如果想种出好玉米，就必须帮邻居种出好玉米；想要幸福的人，必须帮助他人找到幸福。

有一位农民总能种出最好的玉米。每年，他的玉米都参加本州的博览会，并获得最高荣誉。一年，有位报社记者采访了他，得知关于他如何种玉米的一件饶有趣味的事。

记者发现这位农民把他的玉米种子与邻居们分享。"你的邻居每年都把自己的玉米拿来参赛，和你竞争，你怎么舍得把最好的种子分给他们呢？"记者问。农民答道："难道你不知道吗？风会把成熟玉米的花粉吹起来，从一片地卷到另一片地。如果邻居种出的玉米不够好，杂交授粉会逐渐降低我的玉米质量。如果我要种出好玉米，就必须帮助我的邻居种出好玉米。"

我们每个人都应该从中获得启发：如果想种出好玉米，就必须帮邻居种出好玉米；想要得到幸福的人，必须帮助他人找到幸福。

好行为训练营

一个人的成功是孤单的，当我们获得进步的同时，一定要记得去团结和帮助身边的人，只有这样，在获得成功的路上才不会觉得孤单！请记住：团结和帮助他人就是自己获得成功的力量。

文 刘娟鹏

141

神话制造 文 芄 然/编译

"记住,如果想创造出不平凡的类似于神话的奇迹,必须和他人合作,仅靠一个人的力量是不够的。"

我一直忙于事业,孩子很小就寄住在他爷爷奶奶家。像大多数和老人一起生活的孩子一样,他也在溺爱中养成了不少坏毛病——聪明但却狂妄自大,不屑和别的小朋友一块儿玩耍。目中无人的他总以为自己无所不能。

每年6月,在夏天正式到来的前一天晚上,我们这个小镇上的大人们会给每个孩子发一个漂亮的小碗,放在家中,然后和他们一起去收集大自然的点点滴滴,以预示夏天就要来了。等返回时,孩子们会发现原先的碗里装满了冰淇淋。大人们会告诉他们的孩子,这是仙女姐姐送来的美味礼物。这是很受孩子们欢迎的话语。

但是9岁的杰华对这类事心中有数,所以当那天快要来临时,他总是咯咯笑着或是冲我眨眼,一副万事不出他所料的得意样子,一如他平时的趾高气扬。

他说,假如在我们散步途中,爸爸妈妈中有一位说忘记带什么东西得回去一趟,他就什么都明白了。

那个晚上终于到了。我们全家都去收集大自然的树叶、石子、草片和昆虫。中途,我失望地叹息道:"真烦人!钥匙忘带了,我必须回去一趟。"杰华狡黠地看着我,笑笑,脸上洋溢着料事如神的洋洋得意。

"喂，等一下。"我在几个衣袋里摸来摸去，突然说，"找到了！我没必要回去了，我们继续散步吧。"杰华开始有点不知所措了。快到家时，我提醒道，也许仙女姐姐还没来到呢，让我们等一会儿吧。杰华一语双关地说："是的，也许仙女姐姐今天来不了呢，因为她不会分身术呀！"

但是，当我们最终返回前院时，就在原来的地方，就在原来的碗里，神奇地冒出满满的冰淇淋。

杰华惊呆了，一句话也说不出来，甚至有些尴尬。他傻傻地看看我，又看看他爸爸，然后狐疑地盯着四周张望了良久。

整个晚上他都沉默着，到了半夜，他钻进我的被窝里。"妈咪，"他低声耳语，"我真的睡不着，你一定要告诉我，这到底是怎么回事？"

我只得以实相告："我请邻居芭娜姐姐帮了忙，当我们在外散步时，她潜入院内才制造了今天的神话故事。"

杰华如释重负地笑了，我又说："记住，如果想创造出不平凡的类似于神话的奇迹，必须和他人合作，仅靠一个人的力量是不够的。"杰华若有所思地点点头，一会儿便睡着了。

其实，在那一刻，连我自己都相信仙女姐姐真的来过。

好行为训练营

不要总以为自己很厉害，什么事情都可以在我们的掌控之中，其实，只有依靠合作，我们才可以创造出不平凡的业绩！那些神奇冒出的冰淇淋，真实地提醒我们，学会与人合作，就可以诞生出更多的奇迹！

文 刘娟鹏

一 粒 雾 文 史素娟

> 雾感到自己渐渐变大,一直向地面滑下去。"吧嗒",雾终于掉在了地上,溅成了幸福的泪花。

　　一粒雾渴望亲近大地,为此它已等待了很久很久。终于又到了一次气温降低的时候,它发誓要把握这次机会,实现它的愿望。

　　它努力地靠近大地,可身体的轻浮让它无能为力。它知道必须借助风的力量,否则就回不到地面。它焦急地在空中飘荡,它再也不想过没有根的生活了。哪怕一着地就会被植物吸收,哪怕一着地就会被人踩得无影踪,它也愿意。

　　它焦急地哀求上帝:"请让我实现这个愿望吧,我等得快要绝望了。"另一粒雾听见了,同情地说:"这样求上帝是没用的,上帝可管不了那么多。还是靠近我吧,用你自己的力量。"于是这粒雾拥抱了那粒雾,这时它开始有了下沉的感觉。它们下沉下沉又遇到了许多雾,它们亲热地拥抱在一起。

　　雾感到自己渐渐变大,一直向地面滑下去。"吧嗒",雾终于掉在了地上,溅成了幸福的泪花。

　　很多时候,我们的理想是要靠别人的帮助才能实现的,就看你有没有勇气去争取别人的力量。

一粒雾的力量太微小，它需要与其他的兄弟姐妹抱成团，才可以达到它化成露水接触大地的愿望；一个你的力量太微小，你需要与其他的同学、伙伴团结合作，才可以到达你们想要攀登的高峰。集体的力量是无穷的，只有互相协作，我们才可以夺得胜利！

文 朱晓华

墨西哥蓝鸦 文 方冠晴

蓝鸦因为爱，变得无敌和强大；而人类因为爱，却变得狭隘和自私。

北美洲，生活着一种墨西哥蓝鸦，是一种体格弱小的鸦，可是却有着惊人的繁殖速度。在蛮荒的墨西哥草原，蓝鸦有无数天敌。从自然条件讲，蓝鸦的生存特别困难。只要猛禽们发现蓝鸦的巢，顷刻之间，就可能将蓝鸦群扑杀得一只不留。

应对恶劣的生存条件，弱小的蓝鸦没有丝毫抵抗的能力，它们保护自己的办法就是躲避。它们把隐秘的巢深藏在老橡树的树冠，借助橡树茂密的叶片，把巢遮盖得严严实实。接下来的问题是，除了隐藏巢，蓝鸦几乎也不能发出叫声，每一声叫唤都是潜在的危险，都在召唤着猛禽的靠近和死神的光顾。然而，老鸦可以不发出任何声音，那些饥饿中的雏儿，当它们急需进食时，自然而然会发出声声叫唤。让雏鸟不发出叫声何其困难，大自然对于蓝鸦种群的考验，正在于此。蓝鸦的办法是，用食物一刻不停地堵住雏儿的嘴。于是，在整个墨西哥草原，虽然生存着难以计数的蓝鸦，却听不见蓝鸦雏鸟的叫声。

可是，老蓝鸦总要外出觅食，为了保护自己，密林里的蓝鸦们组成了一个个大家庭，十几只蓝鸦组成一个群体，当某只老蓝鸦外出觅食时，其他蓝鸦就承担起爱的义务，给予所有雏儿如同己出的照顾，巢中的雏鸟们个个嘴里时时都含着食物，不再发出危险的声音。所有的蓝鸦都是一个雏儿的父母，所有的雏儿都是一对蓝鸦的孩子。在蓝鸦这个大家庭里，一份爱，全体成员都可以分享。在困难的时刻，博爱成了拯救蓝鸦群体的力量，让蓝鸦在险恶的环境中战胜天敌。

草地上，两个孩子在快乐地玩耍，突然他们为一个气球厮打起来。一位年轻的母亲走过去，不假思索也不问缘由地推倒了其中一个孩子。另一位母亲走过去，两位年轻的母亲顿时争执得不可开交。这是我在一个周末于公园草地上看到的一幕，也可能是大家在许多场合司空见惯的一幕。

蓝鸦因为爱，变得无敌和强大；而人类因为爱，却变得狭隘和自私。

好行为训练营

蓝鸦何其弱小？它们却能依靠团结和合作战胜强敌，保持族群的延续，这是大自然给我们上的一堂生存智慧课。在这堂课上，人类不是最好的学生，我们往往因为个人的私利，忽视了与别人的团结和协作。蓝鸦能团结，便能无敌和强大；我们能团结，便能坚强和勇敢！

文 朱晓华

146

盲人和跛子　⊗ 朝天马

如果对方摔倒了,我一定会把他拉起来。因为,互相帮助才能使我们走向成功。

一天,上帝对一个盲人、一个跛子以及两个壮汉说:"你们沿着这条路一齐出发,谁先把成功之门打开,他想要什么我都将满足他。"

两个壮汉看了看盲人和跛子,嘲讽道:"你们也配去打开成功之门,简直是天大的笑话。"

上帝一声令下,比赛正式开始。

只见两个壮汉拔腿就跑,其速度之快,犹如风驰电掣。而盲人因为眼疾,只能一步一步试探地前进;跛子虽然明确前方的目标,却也只能以缓慢的速度前行。

经历了无数坎坷磨难之后,盲人和跛子达成了一项协议:两个人取长补短,互帮互助,共同到达终点。达成共识后,盲人背起了跛子,成了跛子的腿;跛子给盲人指路,成了盲人的眼睛。就这样,他们一步步向成功的大门逼近。虽然两个壮汉已遥遥领先,但盲人和跛子始终坚持着前进的信念。

很快,两个壮汉临近了终点,盲人和跛子看来是没有希望了。

然而,就在这时,一个壮汉突然停了一下,狠狠地将另一个壮汉推倒在地,自己又向前跑去。被推倒的壮汉迅速地爬了起来,追上前者,一脚踢在对方的后腿上。终于,两人厮打起来,他们都不许对方先推

开成功之门。

就在两个壮汉相互纠缠在一起的时候，两个影子正向他们的方向移动过来，不，应该是一个影子才对！尽管盲人和跛子最初的速度极慢，合作之后的速度仍相对缓慢，但他们还是赶上了两个壮汉。两个壮汉因为互相阻挠，都没注意到周围的变化。他们心中只有一个信念：不让对方前进一步。他们也因此忽视了盲人和跛子的到来。

盲人和跛子因为相互帮助，慢慢地走到了前面。

在成功之门的面前，盲人和跛子并没有相互抛弃，而是彼此示意了一下，共同打开了成功之门。当成功之门被开启时，两个壮汉才悔不当初。

盲人放下了跛子，他们双手交握着流下了喜悦的泪水。

上帝微笑着说："恭喜你们，你们成功了。现在，我将满足你们的愿望。"

盲人说："我想看看这世界是怎么样的。"于是他看见了光明。

跛子说："我想灵活地跑跳。"于是他扔掉了拐杖。

上帝又问："如果以后，你们再遇到类似的情况将怎样呢？"

他们同时坚定地回答："如果对方摔倒了，我一定会把他拉起来。因为，互相帮助才能使我们走向成功。"

好行为训练营

两个壮汉，因为互相阻挠，到了成功的门口也打不开那扇门；盲人和跛子却因为团结合作，发挥各自的特长，相互扶持顺利打开了成功的大门。这不是一则笑话，它告诉我们：对周围的人不能心怀嫉妒，必须共同进步，只有相互协作，成功的大门才会朝我们敞开！

文 朱晓华

协作的力量 文 曹 勇

在今天这个社会上，谁都想追求完美，然而我们的生活空间却注定是一个不完美的世界。一个重要的原因就是，我们在利益面前总是产生分歧，而不能达成一致；不能相互配合，反而相互拆台。

在印度流传着这样一个故事：

一次，国王问大臣："为什么世界上只有成群的羊而没有成群的狗呢？"聪明的大臣没有正面回答国王，而是做了一个实验。快到傍晚的时候，他陪着国王来到两间屋子前，命人先将100只羊关入一间屋子，并在里面放上一些青草；又命人将100条狗关入另一间屋子里，并在屋子里放上了许多肉饼。然后将门锁好走了。次日清晨，他请国王观看两间屋子。第一间屋子里的羊安然地睡着，那几捆青草早已被吃光了；当打开第二间屋子时，国王惊呆了，血腥味扑鼻，许多狗已经奄奄一息，而那些肉却仍然完好地躺在食槽里。国王迫不及待地问大臣为什么。大臣平静地说："羊在利益面前，善于协作，而狗则钩心斗角，为利益相互残杀，可能这就是为什么世界上只有成群的羊而没有成群的狗的原因吧！"

温柔的羊似乎无论从哪方面看，都不如那些自视强大的狗，可是，正是这些温柔的羊才能够享受到美好而和谐的群居生活。

在今天这个社会上，谁都想追求完美，然而我们的生活空间却注定是一个不完美的世界。一个重要的原因就是，我们在利益面前总是产生分歧,而不能达成一致;不能相互配合,反而相互拆台。有些时候,即使我们能够做到协同、合作,却又总会偏离方向,走上歧路,从而不能形成合力。

合作是一种形式,是一种方案,而协作则是一种技巧和能力的综合。看来,在这个相互依赖、联系的社会上,善于协作也是一种不可忽视的力量啊!

好行为训练营

弱小的羊懂得谦让和协作,所以能够享受到可口的青草和美好的群居生活;看似勇猛的狗在利益面前只会互相争斗,结果是头破血流、两败俱伤。让我们都来学习羊的协作精神吧,和谐共处才能营造良好的学习和生活环境!

◎ 文 朱晓华

重修旧好 文 (美)爱德华·齐格勒

"友情是需要照顾的,"他又说,"像谷仓的顶一样。想写而没有写的信,想说而没有说的感谢,背弃别人的信任,没有和解的争执——这些都像是渗进木钉里的雨水,削弱了木梁之间的联系。"

与旧友之交淡了下来。本来大家来往密切,却为一桩误会而心存芥蒂,由于自尊心作祟,我始终没有打电话给他。

多年来我目睹过不少友谊褪色——有些出于误会,有些因为志趣各异,还有些是关山阻隔。随着人的逐渐成长,这显然是无可避免的。

常言道：你把旧衣服扔掉，把旧家具丢掉，也与旧朋友疏远。话虽如此，但我这段友谊似乎不应该就此不了了之。

有一天我去看另一个老朋友，他是牧师，长期为人解决疑难问题。我们坐在他那间总有上千本藏书的书房里，海阔天空地从小型电脑谈到贝多芬饱受折磨的一生。

最后，我们谈到友谊，谈到今天的友谊看来多么脆弱。

"人与人之间的关系非常奥妙，"他说，两眼凝视窗外青葱的山岭，"有些历久不衰，有些缘尽而散。"

他指着临近的农场慢慢说道：

"那里本来是个大谷仓，就在那座红色木框的房子旁边，是一座原本相当大的建筑物的地基。

"那座建筑物本来很坚固，大概是1870年建造的。但是像这一带的其他地方一样，人们都去了中西部寻找较肥沃的土地，这里就荒芜了。没有人定期整理谷仓，屋顶也得不到修补，雨水沿着屋檐而下，滴进柱和梁内。

"有一天刮大风，整座谷仓都被吹得颤动起来。开始时嘎嘎作响，像艘旧帆船的船骨似的，接着是一阵爆裂的声音，最后是一声震天的轰隆巨响，刹那间，它变成了一堆废墟。

"风暴过后，我走下去一看，那些美丽的旧橡木仍然非常结实。我问那里的主人是怎么一回事。他说大概是雨水渗进连接榫（sǔn）头的木钉孔里。木钉腐烂了，就无法把巨梁连起来。"

我们凝视山下谷仓只剩下原是地窖的洞和围着它的紫丁香花丛。

我的朋友说他不断想着这件事，终于悟出了一个道理：不论你多么坚强，多有成就，仍然要靠你和别人的关系，才能够保持你的重要性。

"要有健全的生命，既能为别人服务，又能发挥你的潜力，"他说，"就要记着，无论多大力量，都要靠与别人互相扶持，才能持久。自行其道只会垮下来。"

"友情是需要照顾的，"他又说，"像谷仓的顶一样。想写而没有写的信，想说而没有说的感谢，背弃别人的信任，没有和解的争执——这些都像是渗进木钉里的雨水，削弱了木梁之间的联系。"

我的朋友摇摇头不无深情地说：

"这座本来好好的谷仓，只需花很少工夫就能修好。现在也许永不会重建了。"

黄昏的时候，我准备告辞。

"你不想借用我的电话吗？"他问。

"当然，"我说，"我正想开口。"

好行为训练营

一根一根毫无关系的木头，靠榫头和木钉连接在一起，便构成了稳固而美观的房子；而这些木头一旦失去了彼此间的依存和协作，最美观的房子便也碎成了一堆废墟。可见，学会协作是我们一生的必修课，它就像那些连接木头的榫头和木钉，能为我们连接和构筑出美丽的人生大厦！

文 王艳